赤川次郎

死者におくる入院案内

実業之日本社

実業之日本社文庫

目次

死者におくる入院案内

〈外科〉

霧の夜の忘れ物

1

霧の夜などというものは、ロンドンにこそふさわしいのであって、この郊外の近代的な高層マンション群には全く似つかわしくない衣裳《いしょう》であった。

それでもＴＰＯにお構いなく、気象条件さえ整えば当然霧は発生するのである。

このマンションは、いわゆる団地のイメージを覆したものとして、かなり評判になった。多少都心から離れてはいるが、その代りに緑と澄んだ空気があり、充分な遊び場、遊歩道などによって、子供にとっても理想的な環境となっている。

スーパーマーケット、病院、学校なども思いがけないほど近くに完備して、日常生活の上で不便は全くないと言ってよかった。

団地という言葉の持つせせこましさは全くなく、しかも造りは洒落《しゃれ》ていて、充分にマンション派の高級志向を満たすものだった。

当然のことながら、このマンションは、たちまちの内に完売となった。

購入者たちも、完成前の団地を、何度となく見に来ているのだが、それは当然昼間のことである。——家を買うときは雨の日に見に行けとはよく言われることだが、まさか夜中に見に行く者もあるまい。

この辺に霧が発生するということを、入居者たちは、入居して初めて知った。建設会社に抗議した者もあったが、建設会社としてはそこまでの面倒はみられないと突っぱねられた。それに、この団地が出来たために、霧が出るようになったのだと言われれば、入居者としても、引き退《さ》がる他《ほか》になかったのである。

春の夜には、ことに霧がしばしば団地をすっぽりと包んだ。

この夜も、そんな霧の一夜だった。

山野久代《やまのひさよ》は、帰りを急いでいた。夜はかなりふけていたが、それでも真夜中を過ぎるところまでは行っていなかった。

「また霧か……」

煙ではないのだから、別に煙いはずはないのだが、それでも、何となく、息をつめて歩いてしまう。

駅からは団地まで徒歩五分——と、パンフレットにはなっている。それは嘘《うそ》ではないので、確かに、団地の入口までは五分で着く。しかし、そこから、久代のいる棟まで、さらに五分かかるのである。

駅からは同じ団地の住人が必ず何人か一緒なので、心強い。

「やあ」

声をかけられて振り向くと、自治会で知り合った――何という人だったか――そうそう、谷《たに》さんだ。

「今晩は」

と久代は微笑《ほほえ》んだ。

「ずいぶん遅いんですね」

と谷が言った。三十代半ばの、なかなかスマートなビジネスマンである。

「たまに仕事がのびることがあるんです」

と久代は言った。

「人使いの荒い会社ですねえ。うちの社じゃ女の子はみんな五時で帰っちゃいますよ」

「羨《うらや》ましいですね」

「いけませんな、新婚早々の奥さんをこんなに遅くまで働かせて」

久代は、ちょっと照れくさそうに笑った。——久代もう新婚早々というほどでもないが、それでもやっと半年が過ぎたところである。

今日、久代が帰りを急いでいるというのは、時間が遅いこともちろんだが、この程度の時間になるのは、そう珍しいことではないので、他にも理由があるのだった。

「そろそろおめでたの話でもないんですか？」

谷に言われ、久代はあわてて、

「いいえ、まだ——」

と首を振った。

実を言うと、夫の賢一《けんいち》と相談して、そろそろ子供を作ろうかということになり、今夜あたりが妊娠しやすい日だというので、

「今夜頑張ろうや」

ということなのだ。

久代が帰りを急いでいるのは、そのせいであった。

「奥さんは安産型ですよ」

と谷が言った。

「あら、そんなことが分るんですか?」

「見た感じで分ります」

と谷は、まんざら冗談でもない様子で言った。

「父が医者だったんですよ」

「まあ、そうですの。存じませんでしたわ」

「もう、何年か前に死にましたから」

と谷は言った。「本当なら一人っ子の私が後を継がなくてはいけないんですが、どうも医者という仕事になじめなくて、結局ビジネスの道を選んでしまったわけです」

「まあ、そんなご事情だったんですか」

久代は、谷が何となく普通のサラリーマンと違う、知的な雰囲気を漂わせているわけが分ったような気がした。

「奥さんはどこか手術なさったことがあるでしょう」

「そんなことまで分るんですの?」

と久代はびっくりした。

「盲腸ですか?」

「ええ。四年くらい前になります」

「そうですか。いや大体訊《き》くと当りますよ」

「本当に驚きましたわ」

久代は感心した。

「父の診察室に出入りする患者を見ながら育ちましたからね。そういう勘だけは発達しましてね」

と言って、谷はふと気が付き、「おや、もう少しで家を通り過ぎるところだった」

と笑った。

「本当にひどい霧ですものね」

「それじゃ、失礼します」

「おやすみなさい」

歩き出してから、久代は、「おやすみ」は妙だったかな、と思った。つい、夫の賢一に言う調子が出てしまったらしい。

「早く帰らないと……」

賢一さんが待っている。久代は少し足を早めた。

久代のいる棟は駅から一番遠い一角にあり、一緒の電車で降りた人々も、途中で、一人、二人と散って、久代は一人きりになっていた。しかし、もう目と鼻の先だ。

玄関へと一気に駆けて行きたいぐらいの気持で、久代はさらに足を早めた。

——突然、霧の中に人影が立ちはだかった。あまりに急で、足を止める間もなかった。久代はその人影に突き当った。

「あ、どうも——」

反射的に謝ろうとして、久代は腹のあたりに鋭い痛みを感じた。ハッと身を退《ひ》いて、その辺を手で探ると、じっとりと濡れた感触がある。——血だ。

久代は啞然《あぜん》としている。刺されたのだということが分るまでに、しばらくかかった。

ふとよろけて後ずさると、傍《そば》の芝生の上へ倒れた。痛みが、重い感覚に変って来る。

霧の奥から、さっきの人影が近付いて来た。

誰？——誰なの？

問いかけたつもりだったが、声にならなかった。

目の前がかすんだ。霧のせいなのかどうか、よく分らない。

薄れ行く意識の中で、久代の考えたのは、今夜賢一と寝られるかしら、ということだった……。

死体の発見者は、久代の夫ではなかった。山野賢一は、妻がいつ帰って来てもいいように、風呂を沸かし、ベッドで横になっている内に、本当に眠ってしまって、朝まで起きなかった、と後に警察に話していた。

佐川《さがわ》という勤め人が、この同じ棟の中でも早い時間に出勤する一人で、この朝は、たまたまトップだったらしい。

六時十分頃、玄関を出てエレベーターで一階へ降りる。まだ誰も乗る者がいないので、アッという間に一階へ着いた。

そう急ぐ必要もないが、習慣になっているせかせかした足取りで棟を出た。霧はほぼ晴れていたが、まだいくらか大気に湿り気が残っている。

歩きかけて、すぐに足を止めたのは、ハンドバッグが落ちているのに目を止めたからであった。

「こんな物を落としとくなんて……」

つい拾い上げたものの、帰りならともかく、出勤途上のサラリーマンは、親切心というものを置き忘れているので、これをどこかへ届けようという気持には全くならなかった。

そんなことをしていて電車に乗り遅れ、会社に遅刻したらどうなるか、というわけである。——そこで、佐川は最も無難な方法、すなわちそれを、自分が拾い上げる以前の状態に戻すことにした。

佐川はハンドバッグを投げ出して、行ってしまおうとしたのだが……そのとき、もう一つの物が目に入った。歩道の傍の植込みのあたりに、女性の靴が片方落ちていたのである。

さすがに、どうもおかしいと思った。ハンドバッグというものも、大体しっかりと手に持っている物で、あまり落とすことはないだろうが、それにも増して、靴というのは落ちる物ではない。夫婦喧嘩《げんか》でもして、放り投げたとでもいうのなら別だが。

そのまま行ってしまうのもためらわれて、佐川は、仕方なくその植込みの方へと歩いて行った。

女の足が、植込みの向うに覗《のぞ》いて見えた。これはかりはどうにも落ちているとは考えられない。佐川はゴクリと唾《つば》を飲み込んだ。

交番へ走るといっても、駅前まで行かないと交番はないし、うまく誰かが通りかかる様子もなかった。

それに、怖いもの見たさの好奇心もある。いずれにしても、ただ酔っ払って引っくり返っているだけかも……。

「まさか女が――」

呟《つぶや》きながら、ヒョイと植込みの向うを覗いて、佐川は仰天した。

いや、仰天しただけではなく、そのまま、ヘナヘナとその場に座り込んでしまった。

そのとき、建物の方に足音がして、佐川の妻が小走りに出て来た。

「あなた、定期！」

と声をかけてから、夫が座り込んでいるのに気付き、「どうしたの、ぎっくり腰か何か？」

と訊いた。

「そ、そ、そこに……」

「え？」

「そこに……女が……」

佐川の声は震えていた。

「何よ、一体どうしたっていうの？」

佐川の妻は植込みの方へ歩いて行って、覗き込んだ。

次の瞬間、凄絶《せいぜつ》な悲鳴が、このマンション群の朝の静けさを引き裂いた。いや、むしろ、叩《たた》き壊したと言った方が近いかもしれなかった。

2

井上克彦《いのうえかつひこ》は、夜行列車に乗ると絶対に眠れない性質《たち》であった。

出張が、宿泊費節約のために、一泊の日程でも夜行で帰京するように決められてから、営業マンの井上にとっては、正に寝不足地獄とでもいうべき日々が続いていた。

この日も、東京駅からの電車で、五分おきに欠伸《あくび》をくり返し、やっと十一時近くになって、このマンション団地へと帰り着いた。

いつもなら、この時間は静かなはずなのに、何だかいやに人の姿が多いな、と、井上は、ややぼけ気味の頭で考えていた。それも、団地の人間らしくない、男の姿が目につく。

そこここで奥さん連中が数人ずつグループを作っては、何やら話し合っている。

何かあったのかな？——井上はちょっと気になったが、それでもまだ眠気の方が勝っていて、ともかく早く帰って布団へ入りたかった。

目が覚めたのは、自分の住んでいる棟の前に、パトカーが何台か停《と》まり、警官やら白衣の男、刑事、それに報道陣などが忙しく動き回っているのを見たときだった。

一瞬、新聞の見出しが目の前にチラついた。

〈夫出張の留守に若妻殺さる！〉

井上はあわてて足を早めた。手近にいた男を捕まえて、

「あの、すみません。何があったんでしょう？」

と訊いた。

「若い女の人が殺されたんですよ」

あまりパッとしない感じの中年の小男である。

「若い女……。名前は？」

「ええと――」

その男は手帳を取り出してめくった。

「山野久代さんという人ですね」

「そうですか」

井上はホッと息をついた。

「あなたは？」

「ここに住んでるんです。今、出張から戻ったところでして」

「ああ、なるほど」

とその小男は肯《うなず》いて、「もしかしたら奥さんかと――」

「ええ、そうなんです。いや……しかし気の毒に。山野さんっていいましたか？」

「ご存知ですか」

「いや……僕はほとんど昼間は家にいませんしね。お隣さんの顔も知らないくらいでして」

「それが普通ですね、こういう所では」

「犯人は捕まったんですか？」

「いいえ、まだです。捕まっていれば私の出番もないのですがね」

井上はＴＶ局の車まで来ているのに気付いて、

「ずいぶん大騒ぎですねえ」

「そうですな。あまり妙に話題になっても困るんですが……」

とその小男は苦々しげに言った。

「何か特別話題になるようなことでも？」

「ちょっと手口がね……」

と小男が言い淀《よど》んだ。

「手口、というと……」

「刃物で下腹部を切り裂かれているんですよ」

そこへ、若い男が、

「警部」

と声をかけて来た。「検死官が呼んでますが」

「ああ、分った。――ではこれで」

この小男が警部。井上はびっくりした。二、三歩行きかけて、男は振り向くと、

「私は高梨《たかなし》といいます。何かお心当りのことでもあればどうぞ」

と、言って、軽く微笑んでから、歩いて行った。

見かけによらないもんだ、と井上は感心した。――しかし、女の下腹部を切り裂くとは……異常者の犯罪だろうが、ひどいことをするものだ。

「――あら、あなた」

と、声がして、振り向くと、妻の洋子《ようこ》がやって来た。「帰ってたの」

「今、帰って来たんだ。びっくりしたよ、全く、この騒ぎで」

「今朝早く見付かったの。それからはもう大騒ぎよ。――ね、ともかく家へ入りましょう。お腹《なか》空いてない？」

井上は二十九歳、洋子は二十七歳だが、結婚二年目にして、まだ子供はなかった。

卸業の営業マンの井上は、月の半ば以上も出張という生活。洋子は、退屈しのぎに、自宅で英文タイプの仕事をやっていた。

「――話、聞いた？」

と、井上にハムエッグを出しながら、洋子は言った。

「ああ。むごい殺され方をしていたようじゃないか」

「見た人はみんな真っ青になってたわ。いやね、あんなことをする変質者が、この団地にいるなんて……」

「コーヒーくれ。――別にここの人間とは限らないだろう」

「でも、この棟の前で殺されたのよ。ここは団地でも一番奥だもの。外の人間が、こんな所まで来るかしら？」

「分らないな。――まあ警察へ任せとけばいいさ」

「寝る？」

「うん。布団敷いといてくれ」

「敷いてはあるわ。――殺された人、知ってる？　山野さんっていう人」

「知らないなあ、僕は」

「私はちょっと知ってるの。妙な縁でね。だから余計にいやだわ」

「何号室？」

「三〇九。共稼ぎしていて、奥さんの方が帰りが遅かったのね。帰りを襲われたらしいわ」

「霧がまた出てたのかい？」

「ええ。ゆうべは、特にひどかったみたい。だから防げなかったのかもしれないわね」

「君も用心しろよ」

井上はハムエッグをきれいに平らげた。「さて寝るか」

「何時に起こすの？」

「今日は夕方まで寝てられるよ」

と井上は立ち上ってウーンと伸びをした。

「さあ、君も寝よう」

「え？」

洋子は井上を見た。

「電話、鳴ってる……」

と洋子が言った。

「放っとけ」

井上はそう言って、洋子を抱き寄せた。

「もう充分。――少し寝なさいよ」

洋子は笑って言った。

「興奮してて眠れないよ」

井上は洋子にキスして、手は彼女の裸身をまさぐった。

「そこに盲腸の手術の跡があるでしょ」

と洋子は言った。

「うん、知ってるよ」

「それなのよ」

「何が？」

「今日殺された山野さんの奥さんとの縁っていうの」

「盲腸が？」

「私とあの奥さんね、同じ日に同じ病院で手術したの、盲腸のね」

「へえ！　珍しい偶然だなあ」

「でしょう？　もっともあの人は予定通りの手術だったけど、私は急に痛み出してね、駆け込んだの。だから、私の方が先になっちゃった」

「そのときは知り合いでも何でもなかったんだろ？」

「もちろんよ。後で入院してるときにあれこれ話したりしてね。——で、ここへ越して来てばったりでしょ。びっくりしたわ」

「しかし……気の毒なことしたなあ、本当に」

と井上は言った。

「ひどいわよね。——もし通り魔的な犯行だったら、なかなか捕まらないかも……」

「そうだなあ。用心してくれよ」

「大丈夫よ。夜中に出歩いたりしないから」

洋子はそう言って夫に軽くキスすると、「私、洗濯しなきゃ。おやすみなさい」

と言って、布団から出た。——服を着ながら、

「あ、そうだ」

と思い付いて、「お通夜とお葬式の黒いネクタイ、持ってる?」

と訊いた。

「ね、あなた」

返事はなかった。井上はもう眠り込んでいた。

高梨は、もう五分以上も死体を眺めていた。

「——おい」

と声をかけたのは、検死官の原《はら》である。

「何か言ったか?」

高梨は顔を上げた。

冷たい台の上に横たえられた死体は、もう生々しさを失って、一個の彫像のように見えた。

「そんなにその死人が気に入ったのかい？」

と原が言った。

「そうじゃない」

「顔に見とれてたぜ」

「どこかで見たような気がするんだ」

「この女を？」

「ああ」

「昔の恋人にしちゃ年齢《とし》が違いすぎるぜ」

「からかうなよ」

と高梨は笑った。

「しかし、この切り裂いた傷口は、実にきれいだろう」

と原が言った。

「うむ。――よほどよく切れる刃物だな」

「それだけじゃない」

「というと？」

「手際の良さだ。素人がいくら名刀を振り回してもろくに切れないぜ。こいつは手練の技《わざ》だな」

「つまり……」

「医者か、医学部出身か。──ともかく多少手術の心得のある人間の仕業だと思うな」

「そいつは確かか？」

高梨の目が光った。

「法廷で証言しろと言われたらちょいとためらうな。しかし、この場限りの話としてなら、確かだ」

原は独特の回りくどい言い方をした。

「それで充分だ。気のふれた医者か……。ジキルとハイドじゃあるまいな」

「あの団地に医者はいるのか？」

「いる」

「調べてみるんだな」

「そうしよう」

と高梨は歩きかけたが、ふと足を止めて、また死体の方を振り向いた。

「どうかしたのか？」

「この女性、手術の跡はなかったか？」

「手術？　――ああ、盲腸がなかった。手術してるな、当然」

「やっぱりそうか」

と高梨は肯いた。

「心当りがあるのか？」

「いや、はっきり思い出せないんだ。ただ、その顔から急に〈手術〉を連想した」

「俺の顔から何か想像するかい？」

高梨は笑って、

「するとも。――まるで警視庁の検死官みたいに見えるぞ」

と言った。

「こいつめ！」

原が高梨をにらんだ。

「いや、私はここに住んでるんじゃないんですよ」

ヒョロッとやせた町田《まちだ》という医師は、面白くなさそうな顔で言った。

「するとここには昼間だけ？」

と高梨は訊いた。

「そうですよ。夕方の五時まで。――長びいても六時には閉めて帰ります」

「ご自宅はどちらです？」

「そんなことをどうして訊くんです？」

町田医師は苛立《いらだ》たしげに訊き返した。

「いや、お訊きしてみただけですよ」

高梨は穏やかに言った。「調べればすぐに分ることですがね」

「別に教えたくないというんじゃありませんよ……」

町田はちょっと後悔している様子で、自宅の住所を告げた。

「分りました。――実は殺された山野久代さんの傷口は大変鮮やかに切られておりましてね」

と高梨は言った。「医学の心得のある人間かもしれないという話が出まして」

「じゃ私がやったとでも？」

「いやそうではありません。この団地の住人の中で、かつて医者だったとか、医学生だったとかいう人をご存知ないかと思いましてね。患者さんとの話で、そんなことも耳になさることが多いだろうと……」

「それならいいんですが……」

町田はややホッとした表情になった。

「しかし、お役には立てそうもありませんね。私のみた患者では、そういう人はいませんでしたよ」

「確かですか？」

「まあ、絶対とは言えないが、九分九厘ないと言っていいですね。医者は患者のことはよく憶《おぼ》えてるもんですよ」

「分りました」

高梨はため息をついた。

「お役に立てなくて申し訳ありませんね」

「いや……。ところで被害者を診察したことはおありですね」

「ありますよ。風邪で一度、胃痛で一度かな、たぶん」

「盲腸の手術はしませんでしたか？」

「ここじゃ手術まではできませんよ」

と町田は笑って、「あの女性はもう何年か前に手術していたようです」

「どの病院で手術したか、ご存知ありませんか？」

「知りませんね。そんなことが関係あるんですか？」

最初のおどおどした様子がなくなって、少し開き直っているようだ。

「まだ分りません。ただ、どうも気になっていましてね」

そう言ってから、高梨は立ち上った。

「どうもお邪魔しました」

町田医師は何も言わずに目をそらした。

高梨はちょっと振り向いて、

「余計なお節介かもしれませんが浮気をなさるときは気を付けることですね」

と言った。

町田は唖然として、高梨が出て行くのを見送っていた。

3

高梨が病院を出て、団地の中を歩いて行くと、中の集会所で、殺された山野久代の葬儀をやっているのが目についた。

「やあ、この間の方ですね」

と、高梨は声をかけた。

「あ、どうも」

表をぶらついていた井上は、ちょっと間が悪そうに頭を下げた。「高梨さん、でしたね。高梨警部さん、か」

「よくご記憶ですね」

と高梨は言った。

「営業マンでしてね。人の顔と名を憶えるのが仕事ですから。——僕は井上といいます」

「奥さんは？」

「今、焼香しています。殺された人を知っていたそうでね」

「亭主族はご近所の人もなかなか分らないものですからね」

と高梨は言った。

「――本当にお気の毒なことでした」

焼香した後、洋子は山野に向いて言った。

「どうも……。井上さんの奥さんですね」

「はい」

「家内がよく言っていました。一緒に盲腸の手術をしたんだ、とか」

「そうなんです。病室でずいぶん話し相手になっていただきまして。――いい方でしたのに、信じられないようですわ」

「僕もです」

と山野は力のない声で、「どうしてあれが殺されたのか、さっぱり分りません」

と言って、ため息をついた。

「――失礼します」

と声をかけて来たのは、谷だった。

「あ、谷さん。どうもわざわざ……」

「いや、本当にひどいことですねえ。どうもあのとき、奥さんに最後にお会いしたのが私だったようで……。何だか……」

「あなたが送ってさしあげればよかったのよ」

と言ったのは、谷の妻の聡子《さとこ》だった。

「いや、そんなお気づかいはご無用です」

と、山野は言った。「うちの奴は運が悪かったんですよ。——本当にどうかお気になさらないで下さい」

——洋子は表に出た。夫が、見知らぬ小男としゃべっている。

「すんだのか?」

「ええ。そろそろ出棺じゃないかしら」

「奥さんですね」

と、その小男——高梨は自己紹介をした。

「まあ、警部さんですの」

洋子は女性として当然好奇心を燃え上らせた。「何か犯人の手掛りはつかめまして？」

「いや、今のところ残念ながら」

と高梨は言った。「しかし、必ず逮捕してご覧に入れます」

「ぜひお願いしますわ」

少し間を置いてから、洋子は、「あの……犯人はこの団地の中の人だとお思いになります？」

と訊いた。

「それは何とも申し上げられませんね」

「おい洋子」

と井上が言った。「あんまりしつこく訊いたりしちゃだめだよ」

「だって心配じゃないの。この団地の中で、もしまた——」

「奥さんのご心配はごもっともです」

高梨は真顔で肯いた。「ともかく差し当りは団地内をよくパトロールするようにしますが、みなさんも極力夜遅い時間の外出を避けていただいた方がいいでしょうね」

洋子は肯いた。

「殺された方とは不思議な縁だったんですのよ」

「ほう」

「あの奥さんと私――」

と言いかけたとき、

「出棺でございます」

という声がした。その辺に散っていた焼香客たちが集まって来る。

棺が霊柩車《れいきゅうしゃ》におさめられると、山野が涙ながらに短い挨拶をした。――洋子がふと傍を見ると、もう高梨の姿は消えていた。

――高梨は、目頭を押えている初老の夫婦へ近付いて、

「失礼します」

と、そっと声をかけた。

「どなたでしょう……」

「警察の者です。亡くなった久代さんの親ごさんでいらっしゃいますか」

「そうです」

「実はちょっとお伺いしたいことがあるのですが」

「何ですかな？」

「お嬢さんは盲腸の手術をなさいましたね」

夫婦は面食らった様子だった。

「ええ、それが何か……」

と母親の方が言った。

「いつ頃のことです？」

「さあ……三年か四年になるんじゃないでしょうか。結婚前のことですわ」

「病院はどちらでしたか」

「そんなことが事件と何か関係あるのかね」

と、父親の方がムッとしたように言った。

「あなた――」

と母親の方がたしなめる。「ええ、確かご近所で割合有名な病院ですわ。何といいましたかしら……」

しばらく考えてから、

「ああ、そうだわ吉井《よしい》医院といったと思います。外科の、割に大きな病院で」

「吉井──」

それを聞いた高梨の顔に、奇妙な表情が広がった。

「ありがとうございました」

山野久代の両親は車に乗って、霊柩車の後をついて行った。

高梨は、散りかけた焼香客の顔を見渡していたが、やがて、一組の夫婦に追いつくと、

「失礼、谷さんでしたね」

「はあ、──あ、警察の方ですね」

「そうです。よくご存知ですね」

「この間、色々と話を訊かれたときに、おいでになったでしょう」

「実はちょっと伺いたいことがありまして」

「どういうことですか」

「山野久代さんに帰り道で一緒になられたんですね」

「そうです」

そばにいた谷の妻の聡子が、

「まさか主人をお疑いではないんでしょうね？」

と口を挟んだ。夫よりもむしろ年上ぐらいに見える。地味な女性だ。

「いや、とんでもありませんよ」

と、高梨は微笑んだ。「ただ山野久代さんとお話になったとき、何かその——お腹が痛いというようなことをおっしゃっておられませんでしたか？」

「あっ」

と、聡子が目を押えた。

「どうした？」

「風でごみが……」

と聡子が目を押える。

「大丈夫か？　こすっちゃだめだ」

と谷がポケットからハンカチを取り出す。軽くしめらせ、聡子の瞼《まぶた》を開いて、手際良くごみを取った。

「——大丈夫、もう取れたわ」

と聡子が目をしばたたいた。

「お上手ですな」

と、高梨は言った。

「——手先が器用なのです、主人は」

と聡子が言った。谷が、

「失礼しました。何のお話でしたっけ。——ああ、山野さんの奥さんが、ですね。お腹が痛い？　——いや、そんなことはおっしゃっていませんでしたがね」

「そうですか」

「何か意味ありげですね」

「いや、ちょっとした思い付きなのです」

高梨はそう言って、「失礼します」

と、歩いて行った。

「あの刑事さん、——警部さんだっけ？　なんだか不思議な人ね」

と、洋子は言った。

「そうかい？」

「何となく得体の知れないところがあるじゃないの」

「僕にはそうも見えなかったけどな」

と言いながら、井上はネクタイを換えた。

「出かけるの？」

「ああ。お得意が夕方みえることになってるんだ」

「また遅くなる？」

「分らないな。——早くて十二時ってとこかな」

「できるだけ早く帰って来てね」

「そのつもりだけど……。夜中に表へは出るなよ」

「そんな用事、ないわよ」

と洋子は言った。「あなたこそ襲われないでね」

「僕を女と見間違える奴もいないだろうさ。——じゃ行って来る」

と、井上は鞄《かばん》をつかんで玄関へと向った。夫を見送った洋子は、空を見上げて、

「今日も霧が出るのかしら」

と、呟いた。

「吉井医院の事件?」

「そうです」

と、高梨は捜査一課長の机の前に座って言った。

「ご記憶でしょう?」

「ああ、医者の女房が殺された事件だったな」

「そうです」

「今一歩のところで不起訴になった」

「凶器が発見できなかったのです。被害者の体内にナイフの刃が折れて残っていました。それに合うナイフが、あの病院で発見されれば、万全だったのですが……」

「容疑者は亭主だったな」

「まず間違いないと踏んでいたんですが……」

「その事件と、今度の〈切り裂きジャック〉が何か関係があるというのか?」

高梨は、ちょっと顔をしかめた。マスコミが調子に乗ってつけたあだ名を、捜査一課長が口にするのが、どうにも気に入らないのだった。

「被害者は、あの病院で盲腸の手術を受けているのです」

「それで？」

「しかも、四年前。ちょうどあの事件のあった直後です。――死体の顔にどうも見憶えがあったのですが、あのとき病院の中を捜索しましたからね。入院患者だったわけですな」

「彼女が何か知っていたとでもいうのか？」

と課長が言った。「しかし、四年もたって、どうして殺されるんだ？」

「知らなかったんだと思います」

と高梨は言った。

「お前の言うことはさっぱり分らん」

と課長は首を振った。

「調べてみているんです、例の医者が今どうしているのか」

課長の机の電話が鳴った。

「――ああ、ここにいる。――おい、お前にだ」

高梨が受話器を受け取る。

「俺だ。——どうだった？——何だと？——そうか、分った」

高梨はゆっくり受話器を戻した。

「どうだった？」

「吉井はもう死んだそうです。病院も今はなくなっているとか……」

「そうか。——当て外れだったな」

高梨は黙って考え込んだ。

4

夕方、洋子は買物に出て、近くのスーパーマーケットへ入った。

かなりの混み方だが、ともかく、顔見知りの人が多いので、方々での立ち話にも時間を取られる。

どうせ夫の帰りは夜中なので、そう急いで仕度をする必要もない。のんびりと時間をかけて買物し、洋子が表へ出たときは、そろそろ薄暗くなりかけていた。

野菜というのはずいぶん重いものだ。

フウフウ息を切らしながら、右手から左手へ、左手から右手へと持ちかえ持ちかえ歩いていると、

「奥さん――」

と背後から声がかかった。

「あら、谷さん」

谷が自転車で追い付いて来た。

「重そうですね。運んであげましょう」

「まあ、すみません。でも悪いですわ」

「いいですよ。――さあ、ここへのせて。大丈夫、ゆっくり行けば落ちませんよ」

「会社はお休みですの？」

「ええ、途中から行っても仕方ありませんからね。ご主人は会社へ？」

「ええ。いつも昼頃出て行くんですもの。同じことなんです」

「そうか。営業の方でしたね。じゃお帰りは遅いんでしょう」

「早くて夜中なんです」

「そいつは大変だ。——お子さんはまだですか?」

「ええ。そろそろ欲しいと思ってるんですけど」

「大丈夫、奥さんは安産型ですよ」

「あら、そうですか」

「父が医者でしたので、何となく分るんです」

「まあ、お医者様でしたの」

「手術の経験もありますね、ここ四、五年内に」

「ええ、四年前に。——まあ驚いた。よくお分りですわね」

と洋子は言った。

「何となく分るものなんですよ」

と谷は微笑んだ。

「亡くなった山野さんの奥さんと同じ日に、同じ病院で盲腸の手術をしたんです。本当に偶然でしたわ」

「それはそれは。——奥さんもお気を付けになって下さい」

「ええ。私は働きに出ているわけじゃありませんから」

「全く物騒ですねえ……」

「あ、谷さん、ここでしたでしょう？」

「いや、棟の前までお持ちしますよ」

「すみません」

――少し、二人は黙っていた。そろそろ黄昏《たそがれ》の色が深くなっている。

「霧が出るでしょうか？」

と洋子は空を見上げて言った。


時計が十二時を打って、洋子はふっと目を覚ました。――いつの間にかソファで眠ってしまったらしい。

「まだ帰らないのかしら……」

早くて夜中、と言っていたっけ。そろそろお風呂でも点《っ》けておこうか。

立ち上って大きく欠伸をした。電話が鳴って、すぐに取る。

「もしもし、今どこ？」

「あの――井上さんでいらっしゃいますか？」

と女性の声。

「はい、失礼しました。主人かと思いまして――。井上ですが」

「奥様でいらっしゃいますね。こちらはK医大病院ですが」

ここから一番近い総合病院である。

「はあ、何か?」

「実はご主人が泥酔されて駅の階段を落ちたようで――」

「主人が?」

洋子は青くなった。

「今意識不明の状態なんです。軽い脳震盪《のうしんとう》を起こされているのだと思いますが」

「すぐに参ります」

「場所はお分りですね?」

「はい!」

「保険証をご持参下さい」

「分りました」

洋子は電話を切ると、あわてて引出しを探り、保険証を取り出し、家を飛び出した。——本当にあの人ったら……。

棟を出て駆け出す。

霧が、やはりかなり濃かった。駅まで走れば五分ぐらいだろう。病院は駅の反対側にある。

洋子は息を切らしながら走った。

突然、足が何かに引っかかって、洋子は前のめりに転倒した。——勢いがついていたので、したたか額を打って、一瞬目の前が暗くなる。

やっとの思いで起き上ったが、めまいがして、立ち上れなかった。

誰かが目の前に立っている。顔を上げると、懐中電灯の光が、まともに顔へ当って、洋子は手でそれを遮った。

「誰ですか？——どなた」

少しふらつきながら、洋子は立ち上った。目の前の人影が手を振り上げた。何か、光る物がその手に握られている。

鋭い衝撃音が霧を貫いて、団地の中に響き渡った。

目の前の人影が、グラリと揺れると、懐中電灯が下へ落ち、人影も、それを追うように崩れ折れた。

　足音が近付いて来る。

「大丈夫か？」

「あなた！　階段から落ちたんじゃなかったの？」

「落ちるもんか！」

「それじゃあの電話は――」

「偽電話ですよ」

と言ったのは、高梨だった。

「警部さん！」

「間に合って良かった」

　高梨は拳銃をしまった。そして倒れていた人物の体を仰向《あおむ》きにさせると、懐中電灯の光で顔を照らし出した。

「まあ」

　洋子は唖然とした。「谷さんの奥さんだわ！」

　谷聡子の手に、銀色のメスが光っていた。

「じゃ、あの奥さんが、吉井先生の娘さん……」

「そうなんです。やっとそれが分ったので、やって来たのですよ。すると駅の前でご主人に会いましてね。ご主人から、あなたが山野久代と同じ日に手術をしたと伺って……。奥さんが危いというので駆け付けて来たわけです」

「おかげさまで命拾いをしましたわ」

洋子は、居間へ高梨を通して、お茶を出した。「でも、どうして命を狙われたんでしょう？」

「吉井医師は自分の奥さんを殺したのです。色々と財産や恨みが重なりましてね。ところが、刺したナイフの刃が死体に折れて残った。だからナイフを始末しなくてはならなかった。しかし、私どもがそのときはもう吉井医師に目をつけ、医院の中の捜査令状を取ろうとしていたので、吉井医師としては、隠す時間がなかったのです」

「それで……」

「奥さんには甚だショックかもしれませんが、たぶんそのナイフは奥さんの体の中です」

洋子は唖然とした。井上も真青になった。

「た、大変だ！　救急車を——」

「いや、大丈夫ですよ。もう四年もたって何ともないのですから。その前にレントゲンで確認して下さい」

「それにしても……」

井上は冷汗を拭《ぬぐ》った。

「吉井医師は一応そうやって警察の目をごまかしておき、後でまた何かの理由をつけて再手術して取り出すつもりだったのでしょう。ところが、吉井は間もなく死んでしまった」

「ひどいわ！」

と、洋子は憤然として言った。

「遺産を継いだのは谷夫婦でした。ところが、何かの拍子に、その事実を知った。たぶん、吉井が日記か何かに書き遺《のこ》したのでしょう。そこであわてたわけです。放っておいても大丈夫かもしれないが、万一何かでレントゲンを撮れば分ってしまう。

そうなると父親は殺人犯だったということになるわけで、それに当然、その手術の費用や賠償金を要求されるに違いない。ところが谷夫婦は投機に失敗して、吉井の遺産をすっかり失くしたばかりか、かなりの借金もかかえているのですよ。——何とか手を打つ必要がある。調べてみると、あの日、手術をしたのは、山野久代さんで、何とこの同じ団地の住人だったわけです。吉井はその患者が誰だったのかまでは書いていなかったのでしょうね」

「私は飛び入りの患者だったんです」

「なるほど。——そこで谷夫婦はやむを得ず山野久代さんを殺して、体内からナイフを取り出そうとした。それは谷聡子の方がやったのです。彼女は医学部を出ていますのでね」

「じゃ谷さんの方は——」

「血を見ると卒倒するという気の弱い男ですよ。さっきも妻の死体を見て失神しました」

「だらしのない。でも、山野さんの体にはナイフがなかった……」

「そうです。そこへ、あなたが同じ日に手術をしたと聞いた。で、今度こそは、というわけですね」

洋子は情ない顔で夫を見た。

「いやだわ。今までナイフをかかえて歩いてたなんて」

「落ち着けよ。すぐに取り出せるさ」

「もう、人のことだと思って！」

と洋子は夫をにらんだ。

「なあ、そのナイフを取り出したら、君ももっとおしとやかになるかもしれないぜ」

と井上は言った。洋子がクッションをつかんで、夫の頭へ叩きつけた。

〈小児科〉
スターのゆりかご

1

「あら、係長」

レストランの前に立って、何を食べようかとメニューを眺めていた畑中《はたなか》は、女性の声に振り返った。

「やあ、君か」

係は違うが、同じ庶務課にいる若いＯＬ、大川昭子《おおかわあきこ》であった。

「外食ですか」

「そうなんだ」

畑中は苦笑混りに、「このところ週に四日は外食なんだよ」

「そうですか」

大川昭子はちょっと同情するように畑中を見た。

「もともとうちの女房は料理が下手でね。却《かえ》って外食の方がこっちはありがたいんだよ」

と畑中は軽い口調で言った。「大川君は何をしてるんだ」

「私もここで夕ご飯を食べようかと思って」

「そうか、君は独り暮しだったね」

「そうなんです」

「じゃ、どうだい一緒に」

「いいんですか」

「一人で食っても旨《うま》くないからね」

二人はレストランへ入って、表通りの見下ろせるテーブルについた。

畑中正宏《まさひろ》は三十七歳。係長になったのが三年前だから、そう早い出世とも言えない。至って地味で、真面目《まじめ》な性格であり、出世の野心というものとも無縁。おそらくは係長止りで停年を迎えるのではないかというのが、専《もっぱ》らの定評であった。

ところが、その畑中が、このところ会社の中でも有名人物になりつつある。それは全く思いもよらない理由のためで……。

「昨日もTVでサト子ちゃんを拝見しましたわ」

と、大川昭子は言った。「本当に可愛《かわい》らしかったわ」

「ありがとう」

畑中は微笑《ほほえ》んだ。自分の娘を可愛いと言われて嬉しくない親はいない。しかし、畑中の場合、その微笑は少なからぬ犠牲を伴っているのである。

二人はオーダーを済ませると、ワインを取って飲んだ。あまりアルコールに強くない畑中の舌はつい滑らかになる。

「今夜は僕におごらせてくれよ」

「あら、係長――」

「おい、会社じゃないんだ。係長はやめてくれないか」

「はい。――でも畑中さん、一番高いステーキなんか注文なさって、おごっていただいちゃ悪いですわ」

「構やしないよ。このところ懐は潤ってるんでね」

畑中の口調は、どこか自嘲《じちょう》めいていた。

「それじゃ……お言葉に甘えて」

と、昭子がワインを飲み干す。

「強いんだね、もう一杯」

「いえ……。もう本当に……」

「いいんだよ。どうせ僕が稼いだ金じゃないんだ」

昭子は困ったように畑中を見た。

「――ごめんよ」

畑中は少し間を置いてから言った。

「サト子ちゃんが有名になって、却ってお寂しいんでしょうね」

と昭子は同情するように言った。

しかし、この気持は分るものか。畑中は、言葉に出せない苛立《いらだ》ちを、顔に出ないように押し殺しつつ、表へ目を向けた。

それは、ほんの小さなきっかけから始まった。


「サト子、早くおいで！」

日曜日のデパートの混雑。それは、充分に財布に一万円札がおさまってさえいれば、景気のいいお祭ぐらいに思えるだろうが、買いたい服を買うにも、色柄よりはまず値札を見なければならないという状況にある女性にとっては、苛々の種以外の何物でもない。

畑中久仁子《くにこ》は、従って苛々と娘のサト子を呼びつけたのである。

五歳になるサト子は一向にオモチャ売場の人形の前から動こうとしなかった。

「サト子！　置いて行くわよ！」

と、久仁子が言って、わざとサッサと歩き出しても、一向に平気で、サト子は人形をいじって遊んでいる。

親が自分を置いて行ってしまわないことぐらい、ちゃんと承知しているのである。

「全く、もう……」

久仁子は、夫の畑中とは逆に、かなりヒステリー傾向がある。夫がのんびり屋であることが、久仁子のヒステリーに拍車をかけたとも言えるかもしれない。

久仁子は畑中より五つ下の、三十二歳だった。二十四のとき、同じ職場の畑中と結婚したのだが、そのときの彼女には、三十前にしては悠然と落ち着いている畑中が、どことなく頼もしく、将来の大物だ、と見えたのだった。

しかし、結婚してみて、それが単なる錯覚だったこと——実際は、畑中がただ呑気《のんき》で、闘争心のかけらもない性格であることに気付いたときは手遅れだった。

やがてサト子が生れたが、畑中は別に一段と仕事に精出すでもなく、マイペースを続けていた。将来の幹部候補生という久仁子の夢は、この頃には、せめて課長にはなってほしい、という線まで後退して来ていたのだが、やっとこ這《は》い上った——正にそんな感じだった——係長のポストも、それ以上の出世とはおよそ縁のない部署であった。

今ではもう、久仁子も諦《あきら》めの境地に達していた。それでも、不満がヒステリーの爆発となることも往々にしてあったのである。

自分で選んだ相手なのだから、他人にその責任を押し付けることもできない。——もっとも、久仁子が諦めの境地へ達するまでに、多少の努力もあったことは事実で、一度は真剣に離婚を考えるほど、夫婦仲が険悪化したこともある。

それは、何の間違いか(?)、畑中へ、競争相手の企業が誘いをかけて来たときだった。給料は八割方上り、ボーナスは倍額以上、しかも最初から係長待遇で、一年後の課長の椅子《いす》も約束する、という好条件だった。

辛抱していたかいがあった。と久仁子は興奮した。ところが、畑中は、この申し出をあっさり断ってしまったのである。

「営業マンになって、販売合戦に駆け回るなんて、僕の神経がもたないよ」

というわけだった。

このときの久仁子の怒りようは、もう半狂乱とも言うべきもので、久仁子のヒステリーに慣れた、団地の同じ棟の住人が、さすがに駆け付けて来たほどであった。

久仁子にしてみれば、最後の夢を打ち砕かれたのに加え、久仁子に全く相談せずに畑中が返事をしてしまったことに我慢がならなかったのだった。

しかし、今さら離婚だの何だのと、煩《わずら》わしいことに関《かか》わり合うだけのエネルギーは、残っていなかった。——かくて、久仁子は、諦めの日々に、自ら身を浸していたのである。

「サト子！　早く来ないと怒るわよ！」

仕方なくオモチャ売場へ戻って、久仁子はサト子の手を取った。

サト子は五歳——幼稚園児である。顔立ちは母親に似て可愛い。その点だけは、わずかに久仁子が誇りとするところであった。

ところが性格の面では父親の血を受け継いだとみえて、至ってのんびりのマイペースなのだ。従って、いつも一緒にいる久仁子は、苛々のし通し、というわけだった。

もっとも、サト子が性格まで母親似だったら、二人してステレオでヒステリーの発作を起こしていたかもしれない。

「さ、おいで」

強引に手を引いて歩き出したとき、

「あの、奥さん――」

と、呼びかける声がした。

自分が呼ばれたとは思わず、久仁子は歩き続けたが、声は、追いかけて来て、

「奥さん、失礼します」

「私ですか？」

と久仁子は振り返った。

「そうです。実はお願いがありまして」

ジャンパー姿の、三十五、六の男だった。一見して、普通のサラリーマンでないことは分った。

「何でしょうか？」

どうせ何かを売りつけようとでもいうのだろう。久仁子は不愉快そうに訊《き》いてやった。

「突然で恐縮ですが、お嬢さんをお貸し願えませんでしょうか?」

久仁子は目を見張った。

男は三田《みた》といって、オモチャのCMを制作している広告会社の人間だった。今サト子がいじくり回していた人形のTV用のCMに、サト子に出演してほしい、と言うのである。

どこまであてになる話かも分らなかったが、ともかく、すぐに撮影は終るというし、多少の謝礼も出すというので、久仁子は承知した。

サト子は、もともとカメラを向けられると喜ぶというところがあって、このときも、至って素直に、ニッコリと笑って見せて、撮影は一度でOKになった。〈薄謝〉と記した封筒の中には、一万円札が二枚、入っていて、久仁子はデパートを出るときには、デパートの紙袋を手に、上機嫌であった。

TVのCMには、本当にサト子が登場して、久仁子はびっくりもし、自慢でもあった。畑中は、あまりいい顔をしなかったが、久仁子はそんなことなど一向に構わず、実家や知人に、片っ端から電話をしてこのニュースを知らせた。

ところが——TVでCMが流れ出して、一週間ほどして、思いもかけない話が転り込んで来た。サト子の笑顔の愛らしさに注目して、あるTV局が、ドラマの子役にサト子を使いたい、と言って来たのである。

「劇団にいるわけでもありませんし、うちの子にそんなことが……」

と、ためらう久仁子へ、TV局のプロデューサーは、却ってそこが新鮮なのだから、と説得し、ともかく一度TV局へ来てくれと、説き付けてしまった。

局へ、サト子を連れていくと、たちまち、ディレクターやら何やらに囲まれてカメラテストへ連れ出され、サト子はTVカメラの前で、短いセリフを言わされることになった。そして、サト子はそれをみごとにこなしたのである。

久仁子は、我が子が、一度教えられたセリフを決して忘れず、間違えずに、スラスラとしゃべるのを聞いて、ただ唖然《あぜん》とするばかりだった。

サト子のドラマ出演は即座に決った。

放映が始まると、サト子の、天衣無縫《てんいむほう》とでもいうべき自然な演技が話題をさらった。そして回を追う毎《ごと》に、サト子の出番は多くなって行き、人気も高まった。

他の番組からの出演依頼も、たちまち五、六件に上った。——もはや、事態は畑中や久仁子の手の届かない所まで行ってしまったのである……。

「僕は感心しないんだ」

と、畑中は言った。「あんな子供が、スター扱いされて、TV局の車で送り迎えされる。身分不相応な出演料を取り、TVや雑誌のグラビアに出る。大の大人が、子供のご機嫌を取る……」

「分ります」

と、大川昭子は肯《うなず》いた。

「それに、家内はすっかりマネージャー気取りでね。娘にぴったり、くっついて歩いてる。——おかげでこうして毎日外食ってわけさ」

畑中はそう言ってから、「いや、僕のことはどうでもいい。問題はサト子だ。あの子にとって、こんな異常な体験がはたしてプラスになるかどうか……」

「分りますわ」

と、昭子はくり返して言った。「でも、大丈夫ですよ。こういう人気はそう長く続かないし、子供は、過ぎてしまえばすぐに忘れてしまいますわ……」

「そうかね……」

畑中は、昭子の励ましの言葉がありがたかった。——ごく自然に、二人は微笑みを交わした。

2

畑中は、昭子との夕食の後、私鉄で、団地のある駅まで帰って来たが、すぐにバスには乗らず、駅前の喫茶店へ入って、少し時間を潰《つぶ》すことにした。

今帰ると、ちょうどサト子の出ている番組をやっているのだ。なぜか、見たくなくなっている。それでも最初の内は、やはり父親として多少鼻も高かったのだが、それが不安に変るのに、そう時間はかからなかった……。

「本当に……」

サト子の生活は元に戻るのだろうか。それとも自分から演技の道へ進むとでも言い出すかもしれない。

それならそれで、サト子の才能を伸ばすことなのだからいいことと言えなくもない。だが、今の状態はどうみても、まともとは思えないのだ。

それに、社内での畑中の立場も、微妙なものになり始めていた。

もちろん、畑中の仕事に、サト子の件がいささかも影響するはずはないが、それでも、あまり変化のないサラリーマンの生活にとって、大事件であることは間違いない。

サト子がTVに出ていることは、女子社員たちの口からアッという間に全社へ知れ渡った。おかげで、しばらくは、同僚や上司から、顔を合わせる度に、

「お嬢ちゃん、頑張ってるね」

などと冷やかされたものである。

しかし、それが徐々に——冷やかしの目が、次第に冷淡なそれに変って来たのは、サト子がTVドラマでの人気者になった頃からだった。

みんな、サト子のことでは冗談一つ言わなくなった。女子社員は、それほど変らなかったが、男の——それも同年代か、上の世代の社員たちは、次第に苦々しい表情で畑中を見るようになったのである。

時には、畑中の耳に入ると承知の上で、

「子供に働かせていい気なもんだ」

といった言葉を吐く者もあった。

彼らの気持も、分らぬではない。やっと五歳になる娘が、CMやTV番組の出演で、自分らより遥《はる》かに多額の金を稼ぐのだから、面白いはずはない。

畑中にしてもその恩恵をこうむっているわけで、夕食に高いステーキを食べられるのも新調の背広を着ていられるのも、サト子の収入があればこそである。特に、CMの出演料は畑中などが啞然とするほどの金額だった。

もちろんその管理は久仁子がつとめていて、今や、久仁子はOL時代とは比較にならぬ張り切りぶりである。

サラリーマンの畑中とは生活のサイクルがまるで違うのも、困ったことだった。いつ帰っても、大体久仁子は不在である。

週に四日は外食――と大川昭子に言ったのは体裁で、実のところ、ここ半月近く、畑中は家で食事をしたことがなかったのである。

「――帰るか」

腕時計を見ると、畑中は立ち上った。これから帰れば、もうサト子の出る番組は終っている。

団地の中へと足を踏み入れると、ホッと息をつく。あれこれ事情は変ったとはいえ、やはり住み慣れた我が家には違いない。

五階建の棟の三階に、畑中は住んでいる。玄関の前まで来たとき、急にドアが開いて、下の階の顔見知りの主婦が出て来た。

「やあ、今晩は」

と畑中は挨拶したが、相手は物も言わずにプイとそっぽを向いて、行ってしまった。

「――あら、帰ったの」

「どうしたんだ、金子《かねこ》さんの奥さん?」

と畑中は入ってドアを閉めると、言った。

「ちょっともめごとがあったのよ」

久仁子はさっさと居間へ入って行く。

「どうしたんだ?」

と畑中は訊いた。

「不愉快な人なのよ。自治会費のことであれこれ言って……。うちが景気がいいと思って、いや味ばかり言うんだもの。腹が立って」

「ふーん」

畑中はネクタイを外しソファに座った。

「しかし、あそこの子はサト子の友達じゃないか。親同士の喧嘩《けんか》で子供が遊べなくなったら可哀《かわい》そうだ」

「向うが悪いんだもの仕方ないわ。それに、あそこの子は意地汚くて嫌いよ」

「そんなこと言うもんじゃないぜ」

「サト子には、もっと、いいお友達がいるわ」

久仁子は欠伸《あくび》をした。「——疲れたわ。あなた、夕ご飯は？　食べたの？　じゃ、自分でお風呂へ入ってね」

「分ってるよ」

と、畑中は言って、TVの方へ目をやったが、

「——あれ？」

と声を上げた。サト子が出ているのだ。

「何だ、この番組、時間が変ったのか？」

「ビデオに録《と》ったのよ」

畑中は目を丸くした。——いつの間にやら、ビデオの機械が、ＴＶのわきに居座っているのだ。


「おい、久仁子」

夜、床へ入って、畑中は妻へ声をかけた。

「なあに？」

眠そうな声が返って来る。

「サト子のことだけど」

「サト子がどうしたの？」

「少しやり過ぎじゃないのか」

久仁子はやっと夫の方へ顔を向けた。

「どういう意味？」

「いや……時々、TVに顔を出すぐらいならともかく、今じゃドラマの他《ほか》にもレギュラー番組を二本も持ってるんだぞ。子供にとっちゃ負担が大きすぎやしないか」

「大丈夫よ」

そんなことか、という感じで、久仁子は言った。

「サト子は楽しんでるのよ、TVに出られるのを。大人と違って、人気の重みだの何だのとは感じないわ」

「そりゃそうかもしれないが……」

「何なの？　はっきり言ったら？」

と、久仁子は少し苛々した様子で言った。疲れてるな、と畑中は思った。こいつは危険信号だ。

「つまり……サト子をあまりああいう世界に深入りさせるのは良くないような気がするんだ。ああして人気者になって……今はいいが、やはりあれはまともじゃない」

「何を言ってるのよ」

と、久仁子はせせら笑うように、「誰かにそんなこと言われたの？」

「言われるもんか」

と畑中はちょっとムッとして言った。「父親として心配してるだけだ」

「親なら、子供の才能を伸ばしてやろうとするのが当然じゃないの」

「才能か。しかし、今のサト子の人気は才能とか何かとは関係あるまい」

「あなた子供にやきもちをやいてるの？」

「何だと？」

畑中は身を起こした。

「そうでしょ？　自分の給料よりずっとサト子が稼いでるのが面白くないんでしょう」

「馬鹿言え！　金のことなんか言っちゃいないぞ」

「大きな声出さないでよ」

と、久仁子はたしなめた。「サト子が目を覚ますじゃないの」

畑中はまた横になって、

「しかし、金のことだってそうだ。あんな子供の内から、金儲《かねもう》けは楽なもんだと思い込ませるのは良くない」

「そんなこと良く言えるわね」

と久仁子は挑みかかるように、「あなたの給料じゃ、サト子にはろくな服も買ってやれないのよ。今、あなたの着てるパジャマだって、会社へ着ていく背広だって、サト子の稼ぎがなかったら、古いままだわ。財布の中味だって、空っぽ同然のはずよ。それが給料日前だっていうのに、まだたっぷり入ってるのは誰のおかげなの？」

「もう分った」

怒鳴りつけたいのを必死で抑え、畑中は寝返りを打って、久仁子へ背を向けた。

「もう一つ言うことがあるわ」

と久仁子は続けた。

「もう沢山だ」

「聞いてよ」

「聞きたくない」

「じゃ、勝手にしなさいよ」

久仁子も、畑中へ背を向けた。——そして、すぐに寝息を立て始めた。

畑中は、いつまでも眠れなかった。

「——係長」

次の日、昼食から戻って来た畑中が、席でぼんやりと座っていると、大川昭子がやって来た。

「何だい?」

「お客様です」

「ええ? 一時まで待てないのかな」

と渋い顔で言うと、大川昭子は、ちょっと声を低くして、

「奥様です」

と言った。

「え? ——どこに」

「ビルの入口の所でお待ちです」

「ありがとう」

一体何事だろう? 畑中は急いでエレベーターで一階へ降りて行った。

ビルの入口のわきに、久仁子が、サト子の手を引いて立っている。何ともめかし

込んだスタイルをしていた。

「どうしたんだ、一体」

「一週間、帰らないわ」

と久仁子は言った。「それを言っとこうと思って」

「——何だって」

畑中は思わず訊き返した。

「ドラマのロケがあるの、九州で」

「九州だって?」

「そう。向うのホテルに着いたら電話するからね」

「おい! そんなこと、ひと言も言わなかったじゃないか!」

「ゆうべ言おうとしたのに、あなたが聞こうとしなかったんじゃない」

「しかし——」

「車が待っているから行くわよ」

「待てよ。幼稚園はどうするんだ?」

「どうせ、このところ休みっ放しだもの。やめたっていいわよ」

「おい……」

「じゃ、飛行機の時間に遅れるから、行くわよ。サト子、おいで」

サト子は、多くの視聴者を魅了している微笑を見せて、

「バイバイ、パパ」

と手を振った。

畑中も、こうなっては仕方なく、

「気を付けて行っといで」

と、引きつったような笑顔を見せる。

「一人で寂しい?」

とサト子が訊く。

「ああ、早く帰って来てくれよ」

と、畑中は苦笑しながら言った。

「パパも、早く課長になってね。そしたらママも帰るよ」

と言って、サト子はスタスタと歩いて行ってしまった。

畑中は、呆然《ぼうぜん》として、黒塗りのハイヤーに二人が乗り込んで行くのを見送ってい

た。

3

「いいんですか?」

と大川昭子はためらいがちに言った。

「構うもんか」

畑中は玄関から上ると、明りを点《つ》けて、

「さあ、入って」

と促した。

昭子は、家の中を見回しながら上って来た。

「まあ座ってくれ。——何か飲むかい?」

「いいんです。私」

昭子はあわてて言った。

「そう言わないで、女房は帰って来やしないんだ」

「お仕事なんでしょう。サト子ちゃんの」

「何が仕事だ！　要するに女房には僕が不満なのさ」

畑中は少し酔っていた。昭子と夕食を一緒に取りながら、少しワインを飲み過ぎていた。

そして、昭子を半ば強引に自分の家へ引張って来たのである。

「亭主が課長にならないのが、そんなに恥なのか？　君はどう思う？」

「さあ……」

昭子は困惑した様子で首をひねった。

「――すまん」

畑中はため息をついた。「君に文句を言っても仕方ないんだ。それは分ってる。しかし、つい口から出て来てしまうんだよ」

「分りますわ」

畑中は立ち上って、ベランダへ出るガラス戸のカーテンをゆっくりと閉めた。

「ねえ大川君、君はどう思う？　僕のことが、娘に働かせて楽をしてる父親のように見えるかい？」

「いいえ」

「そうだな……思っていても、そう言うはずがない」

「畑中さん――」

「会社でも、みんなの見る目は変って来た。全く！　僕が何をしたっていうんだ、畜生！」

と、畑中は頭をかかえた。

「あの……私、やっぱり帰ります」

と、昭子は立ち上った。

「君も……、そうか。君もやっぱり僕を軽蔑《けいべつ》してるんだな」

「そんな……」

昭子は困り切った様子で立っていた。

気まずい沈黙が流れた。――昭子は思い切ったように、玄関の方へ歩き出した。

「待ってくれ！」

畑中はほとんど衝動的に追いかけていた。

「大川君！」

ぐい、と抱きしめて、無理矢理に唇を押しつける。昭子がびっくりして両腕を振り回すと、もともとあまり体力のある方ではない畑中は、はね飛ばされて、コートかけにぶつかり、一緒にひっくり返った。

「いてて……」

「畑中さん大丈夫ですか？」

昭子の方が驚いて、覗《のぞ》き込む。

「ああ……。何とかね」

畑中は起き上って、苦笑した。「やれやれ、見っともない真似《まね》をして……」

「びっくりしたもんですから」

畑中はその場にあぐらをかいたまま、昭子を見上げた。

「僕を訴えるかね」

「訴える？」

「暴行未遂」

「そんなこと……」

「会社もクビだ。女房は離婚する口実ができて喜ぶだろう」

「係長！　しっかりして下さい！」

と昭子は大声で言った。

「うん……。すまん」

畑中はよろけながら立ち上った。

「もうおやすみになった方がいいですよ」

「うん、分った。寝るよ」

「布団はどちらです？」

「あっちの部屋だ。——いいんだ。自分でやるよ。——そうかい、すまんね」

昭子は布団を適当に出して敷いた。

「さあ、ぐっすり寝て、明日は休暇をお取りになるといいですわ」

「休暇？」

「私が届けを出しておきますから」

畑中はふっと肩で息をした。

「——君はいい人だな。ありがとう」

「あなたもですわ。係長」

昭子はちょっと微笑むと、「じゃ、おやすみなさい」

と言って、玄関の方へ行きかけたが、また戻って来た。

「忘れ物かい？」

「玄関の鍵《かぎ》とチェーンはちゃんとかけられますか？」

「うん、大丈夫だよ」

「心配だわ。やっぱり私も泊《とま》った方が良さそうですね」

昭子はハンドバッグを下へ落とすと、畑中の首へ腕を回して、今度は静かに唇を
触れて行った。


「お早うございます」

昭子が会釈《えしゃく》する。畑中は照れくささを隠すのに苦労しながら、

「お早う」

と肯いた。

こうして係長の席に座って、昭子を見上げると、不思議にビジネスライクな気分
になれるものだ。

昨夜はすばらしかった。このところ、久仁子とは全く交渉がなかっただけに、昭子の若々しい肢体は、畑中に青年の血をよみがえらせるに充分すぎるほどであった。

そして、昭子が、終った後で、

「これは一度限りで、もう明日になったら忘れましょうね」

と言ってくれるのも、ありがたかった。

畑中としては、やはり妻子との生活を清算する気には、どうしてもなれなかったからである。いわば男の身勝手を、昭子が、おおらかに許してくれた、というわけだった。

「今日はお休みかと思っていました」

昭子は何食わぬ顔で言った。

「うん、そのつもりだったんだがね、何だか今朝はえらく気分がいいんだ」

「結構ですわ。——これを見て下さい」

と、昭子が書類を差し出した。

畑中がそれに目を通していると、昭子が、

「何かしら？」

と呟《つぶや》くのが聞こえた。

「何か言ったか?」

と顔を上げる。

「あのおばさん、何をしてるのかしら、と思って……」

見れば、なるほど三十五、六というところの、かなり太目の婦人が、入って来て、キョロキョロと中を見回している。

「保険の勧誘じゃないか?」

と畑中はいい加減なことを言った。

「何の用か訊いて来ます」

と昭子が歩いて行く。

何やら話していたと思うと、その婦人が畑中の方へやって来た。

「畑中っていうのはあんたね?」

と、食いつきそうな顔で言った。

「どなたですか?」

全く憶《おぼ》えがない相手だ。これほど印象が強烈なら、忘れるはずがない。

「あんたが畑中サト子の父親ね」

「ええ、そうですが」

「あんたの子はね、泥棒なんだよ！」

「何ですって？」

「あの二時間ドラマの役はね、うちの美雪《みゆき》がもらうことになってたんだ！　それなのに、あんたの娘がかっぱらっちまって！」

「待って下さいよ、ここは——」

「このままじゃ済まさないよ！　美雪のものなんだ、あの役は！」

「落ち着いて下さい。私はそういうことはまるで分らないんですから」

「分らないって？　フン、女房をディレクターに提供して役を取らせてるくせに、知らないっていうのかい！」

畑中もさすがに腹が立った。

「何を言うんだ！　出て行け！」

「本当のことを言われて怒ったのかい？　会社中の人に教えてやりなよ！」

女は、一段と声をはり上げると、「この男の女房はね、娘にいい役をもらうためなら、誰とだって寝るんだ！」

と喚《わめ》いた。

「やめろ！」

畑中の平手が、女の横っつらに激しく音をたてた。——女は青ざめ、身を震わせて畑中をにらみつけていたが、

「憶えといで！　このままじゃ済ませないからね」

とくり返すと、会社から飛び出して行ってしまった。

畑中は、ゆっくりと席に座った。会社中の人間の目が畑中へ注がれている。嘲笑《ちょうしょう》の目、好奇に満ちた目だ。——畜生！　何だっていうんだ！

大川昭子が、席へ戻ると、電話のダイアルを回した。

「もしもし、こちら××産業ですが——」

みんながまた仕事へ戻った。——畑中は昭子へそっと感謝の視線を送った。

呼ばれたときから、話は分っていた。

「お呼びですか」

それでも、畑中は部長室へ入ると、そう言った。

「まあ、君にも察しはついていると思うが……」

と、部長は言った。「今日のような騒ぎは、会社としては非常に迷惑だ」

「申し訳ありません」

「まあ君自身が起こしたわけでないにせよ、やはり原因は……」

「よく分っております」

「どうする気だね」

と部長は言った。

「——と、おっしゃいますと？」

「君も分っていると思うが、当社は社員の副業を認めていない」

「はい。ですが——」

「君の家の場合は、もちろん君自身が副業をやっているわけではない」

部長は肯いた。「だが、別途の収入があるということ自体、あまり歓迎すべきことは言えん。分るね」

「はい……」

「それも、例えば奥さんが何か仕事をしているというのならともかく、君の場合は娘さんだ。それも……五歳、だったかな」

「そうです」

「そういう場合、子供さん一人が働いているとは言えまい。親が一緒になって、仕事をしている、とも言えるだろう」

「その方は家内がやっていますが」

「やはり、君の立場は難しいと言わざるを得ないね」

しばらく、二人とも黙り込んでいた。

部長が、

「では辞めます」

と言わせたがっていることは、畑中にもよく分っていた。

「辞めろ」

と言えば、問題になる。だから、畑中の方から、

「辞めます」

と言ってほしいのである。

だから畑中はじっと口をつぐんでいた。決して、「辞める」と言ってはならない。言えば負けである。だからこそ、黙って、立っていたのだ。

部長は、諦めたように、息をついた。

「それだけだ」

「──失礼します」

畑中は部長室を出ようとした。

「畑中君」

部長が呼び止めた。

「はい」

「今度何か問題が起こったら、考えてもらうことになるよ」

「分りました」

──今回は無事だった、というわけだ。

しかし、この次は分らない。何か起これば、否応《いやおう》なく、辞表を出さねばならないだろう……。

「何か起これば、か」

席へ戻った畑中は、そう呟いてから、さっきの女のことを思い出した。

このままじゃ済ませない、と言っていた。

——サト子に、何かあるかもしれない。

4

「ああ、あなたなの」

電話に出た久仁子は、疲れたような声を出した。

「どこに泊ってるかぐらい、連絡しておいてくれなきゃ困るじゃないか」

と、畑中は苦情を言った。

「だって、そんな急用があるとも思えないじゃない。何なの？」

「サト子は？」

「元気にやってるわ。楽しそうよ」

「そうか」

「それが訊きたかったの？」

「そうじゃない」

畑中は感情を殺して、言った。「今日、会社に妙な女がやって来たんだ」

事件を話してやると、

「ああ、神田《かんだ》美雪のお母さんでしょ」

と、久仁子は言った。

「知ってるのか？」

「今度の役の最終オーディションに残った子の一人よ。絶対に我が子が、って信じてたらしいの。大して可愛い子じゃないのよ。とてもサト子にはかないっこないわ」

「そんなことはいいが、大変だったんだぞ、こっちは」

「気にすることないわよ」

気にすることないわよ、か。――畑中は苦笑いした。

「かなりサト子のことを恨んでるようだったぞ。用心した方がいい」

「大丈夫よ。何もできやしないわ」

と、久仁子はあっさりと言って、「それにサト子を恨むのは筋違いだわ。あの美雪って子が、最終審査の日に病気になって休んだのよ。だから落ちて当然だわ」

「そんなことは言ってなかったぞ」

「少しおかしいんじゃない？　相手にしなきゃいいわ」

「しかし――」

と言いかけて思い直す。何を言ったって、あいつには応えやしないだろう。

「ともかく、万が一のことがないように、気を付けてくれ」

「分ったわ。それだけ？　――じゃあね」

久仁子はさっさと電話を切ってしまった。

畑中は、ため息と共に、受話器を戻した。――団地へ帰って来ていたが、今夜は一人で、慰めてくれる女性もいない。

畑中は団地を出た。一杯飲みたくなって来たからだ。

階段を降りて行くと、ちょうどやって来た昭子に出くわした。

「やあ」

「お出かけ？　ちょうど良かったわ」

「何だい？　一杯飲もうかと思って出て来たんだが」

「じゃ、お付き合いするわ。お酒だけはね」

と昭子は言った。

あるバーに入って、二人は飲んだ。もちろん畑中の方が弱いので、あまりピッチは上らないのだが。

「——部長さん、そんなことを言ったの?」

「そう。まあ、無理もないがね」

「そうかしら」

「僕が逆の立場だったらそう言ったろうさ。いや、言わなかったかな」

と、畑中は笑った。

「奥さんは何て?」

「関心もない様子だよ」

昭子は少し間を置いて、言った。

「あの女の人が言ったことを、気にしているんじゃない?」

「気にしてる?」

「奥さんが——」

「ああ、ディレクターとねんごろだって話かい？　馬鹿らしい！　――うちの奴に、もうそんな魅力はないよ」

昭子は黙っていた。畑中は、その沈黙の意味に気付いた。

「君は本当だと思うのかい？」

「畑中さん。私の友達でね。ホステスをやってる人がいるの。そこはTV局の人がよく来るお店なのよ」

「TV局の？」

「近くにあるものだからね。で……ちょっとあれこれと話を聞いてみたの」

「それで？」

「奥さん、今は増井《ますい》というディレクターと親しいらしいわ」

「増井……」

「今度の二時間ドラマのディレクターよ」

本当だったのか。あの女――神田美雪の母が言った通りだったのか。

「黙っていようかと思ってたんだけど……」

「いや、話してくれて良かった」

「でも、やけにならないでね」

「分ってる。ありがとう」

増井……。その名を、畑中はしっかりと憶え込んだ。

羽田空港の到着ロビーで、畑中はもう三十分以上遅れている飛行機を待っていた。ロビーのそこここには、記者やカメラマンらしい姿が見える。ここで騒ぎを起こせば、カメラマンたちの、絶好の標的にされるに違いない。

ゾロゾロと、降りた客たちが、出て来た。畑中は、人の陰に隠れるようにして、久仁子とサト子の顔を捜した。

ひときわ派手な服装の一団が、客たちの最後に出て来た。

畑中はすぐにサト子の姿を認めた。しかしサト子の手を引いているのは、サングラスをかけた見知らぬ女だ。いや——あれは、久仁子だ！

畑中は唖然とした。久仁子までが別人のようだ。

久仁子は、ちょっと脂《あぶら》ぎった感じの、四十男と、親しげに腕を組んでいた。あれが増井だろう。

畑中は人の間を進んで行った。記者やカメラマンは、専らスター・タレントの周囲に集まっている。

「パパ！」

サト子が畑中に気付いて手を振った。

久仁子がハッとして、男と組んでいた腕を離した。

「お帰り」

と畑中は言った。

「あなた……会社はいいの？」

と、久仁子はさり気ない口調で訊いた。

「今日は休みを取ったんだ」

「そう。よく飛行機が分ったわね」

「TV局で訊いたよ」

「そうなの。——あ、あの——こちらはディレクターの増井さん。主人ですの」

「これはどうも」

と増井は、人を小馬鹿にしているような笑顔で挨拶した。「天才少女のお父さんですね」

畑中はちょっと寒気がした。

「いつも娘がお世話になって」

と畑中は言ってから、「家内もあれこれお世話になっているようで」

と付け加えた。

久仁子と増井がチラリと目を見交わした。

「それはどういう意味です？」

と増井が訊いた。

「あんたが薄汚ない女たらしだってことさ」

畑中の言葉に、増井の顔色が変った。

「あなた！　失礼なことを――」

と久仁子が急いで中へ入る。

「本当のことを言ってるだけだ。お前とこいつのことはちゃんと分ってるんだぞ」

「何を言ってるのよ！」

「まあいい」

と、増井が言った。「何か誤解があるようだ。どこか場所を変えて、ゆっくりお話をしませんか」

「ここがいいよ。記者やカメラマンも大勢いる。たちまち知れ渡るだろう」

「あなた、やめて！」

「いいじゃないか、事実を話すことは大切だぞ」

「ここでは困りますね」

と、増井が少しあわてたように言った。「こういうことが記事になると、ちょっとまずいですよ」

「こっちは一向に構わないがね」

と、畑中は言った。「僕は娘が有名になったおかげで、会社をクビになりそうなんだ。自分のせいでもないことでね。あんたが自分のしたことのためにほされたって文句は言えない！」

サト子は、ぼんやりとそのやりとりを聞いていた。そのとき、ワーッという女の叫び声のようなものが聞こえたと思うと、あの女——神田美雪の母親が走って来た。まともではない。目に狂気が燃え上っている。手に刃物を握って、真っ直ぐに突き出していた。

遮《さえぎ》る間もなかった。女がサト子へぶつかった。サト子がキャーッと悲鳴を上げる。

「サト子！」

畑中は女を突き飛ばした。久仁子がサト子を抱き上げる。

「あなた！　見て！」

サト子のわき腹に赤いしみが広がっている。

「早く！　手当てを！」

係員の誘導で、畑中はサト子を抱いて、空港の医務室へと走った。久仁子ももちろんついて走った。

「ここへ寝かせて！」

医師が指示した。

「サト子、しっかりしろ！」

「サト子、頑張ってね！」

声をかけると、サト子は目を開いて二人を見た。

「パパとママ……仲良くしてくれなきゃいやだ……」

「仲良しじゃないか。そうだろう？」

「そうよ。決ってるじゃないの」

「本当？　ずっと一緒にいる？」

「ああ、ずっと一緒さ」

サト子が、ヒョイと起き上った。

「サト子！」

「何ともないんだ。――ポケットの缶ジュースがこぼれただけだもん」

サト子はにっこりと笑った。「ね、パパ。サト子のお芝居、巧《うま》かったでしょ？」

久仁子がヘナヘナと床に座り込んだ。


「今後は普通の子供の生活に支障のない範囲で、ＴＶに出すことにしたんだ」

「よかったですね、係長」

と、昭子が言った。「奥様も……」

「うん。――ただちょっと問題があってね」

「まあ」

「あいつ、妊娠していたんだ。僕か、それとも増井の子供か、よく分らなくって迷ってたんだよ」

「それで結局……」

「ところが例の神田美雪って女の子の病気が風疹《ふうしん》だったらしくてね。家内がうつっちまったんだ。――で、どうしても子供は堕《おろ》すことになった。またやり直し、というわけさ」

「お若いんですもの。これからですわ」

「そうだな」

と畑中は言った。「でも、家内もやっと課長にならなくてもいいと言ってくれたよ」

〈眼科〉

美しい闇《やみ》

1

ナイフは深々と女の胸に呑《の》み込まれた。

短い呻《うめ》き声が女の口から洩《も》れた。びっくりしたように目が大きく見開かれたが、苦痛を感じるほどの時間はないようだった。

女は、ちょうどトンネルのようになった、ガード下の通路の壁にもたれかかっている。男がナイフをそっと引き抜いた。血が傷口から、ブラウスへとしみ出したが、呆気《あっけ》ないほどの、わずかな量でしかない。

女は、なおもしばらく、湿った壁にもたれて立っていたが、やがてズルズルとコートの背中で壁をこすりながら、座るような格好で崩れて行った。

男は喘《あえ》いでいた。――ナイフを持つ手は細かく震えている。

「畜生……」

呟《つぶや》きが洩れた。「畜生……」

意味のない呟きだった。男は手の中のナイフを、まるで買おうかどうしようかと迷ってでもいるような目つきで、じっと見下ろしていた。

それから、少し落ち着きを取り戻したらしい。ハンカチを出すと、ナイフを丁寧にくるんで、コートのポケットへ入れた。

そして、歩き出そうとして、初めて、その女に気が付いた。

女は、トンネルの入口に、立っていた。

ごくありふれた地味なスーツ姿。トンネルの中は暗いが、女はちょうど外の街灯の光を背から受けて、いくらかシルエット風に浮かんでいた。

男は、見られたのだ、ということに、やっと気が付いた。

コートの中で、ナイフを握りしめる。――もう一人、殺《や》らなくてはならないのだろうか……。

女が、ゆっくり歩いて来た。その歩き方は、どこか妙に思えた。

コツコツ、と叩《たた》くような音が、足音の他に、トンネルの中に響いた。――男は、その女が白い杖《つえ》を手にしているのに気が付いた。

目が見えないのか……。

男は、コートのポケットから、手を出した。立ち止まっている必要はないのだ、歩いて行ってしまえば。

男は女のやって来る方向へと足を向けた。――トンネルの中ほどで、その女はすれ違って行った。

薄暗い、かすかな明りだったが、女の若々しい顔立ちは男の目に焼き付けられた。女は、男の方には全く注意を向けずに歩いて行く。決して早くはないが、確かな足取りだった。

男はトンネルの出口で立ち止って、振り向いた。――コッコッという杖の音が止ったのだ。

その女は、壁ぎわで死んでいる女の前で足を止めていた。

不思議なものだ。もう息をしていないはずなのに、何か気配のようなものを感じるのだろうか。

しばらく立ち止って、ちょっと小首をかしげていたが、その若い女は、やがて、また、コツコツと杖の音を響かせながら歩き出した。

男は、その姿が見えなくなるまで待って、急ぎ足で歩き去った。

電車があたりの空気を震わせながら駆け抜けて行った。

「おはよう」

黒田《くろだ》医師は、病室へ入って声をかけた。

「あ、先生。おはようございます」

ベッドに半ば起き上っていた円山礼美《まるやまれみ》は、微笑《ほほえ》みながら言った。

「どうだね、気分は？」

「ええ、とてもいいです」

「いよいよ明日だからね」

「ええ」

円山礼美の目は、包帯で包まれていた。

「――何だか怖いわ」

「大丈夫。きっと巧《うま》く行くよ」

と黒田医師は言った。

「ええ、それは信じてるんです」

と、礼美は言った。「巧く行って、目が見えるようになったときが怖いんです」

「そうか。――そうだろうね」

と黒田は肯《うなず》いた。「しかし、君は以前は見えていたんだからね」

「でも、十歳ぐらいまでですもの」

「かなり記憶はあるだろう？」

「そうですね……。でも、その後の方が長いんですもの」

「君は、今、いくつだった？」

「二十二です」

「そうか。――長かったね。しかし、すぐに慣れるよ」

黒田の手が、礼美の白い手を軽く叩いた。礼美の手が、黒田の手を捉《とら》えて、握りしめた。

一瞬、医師と患者は一人の男と一人の女になっていた。

ドアが開いて、看護婦が顔を出すと、黒田は素早く手を引っ込めた。

「先生、お客様です」

中年の看護婦は、二人が手を取り合っているのを見ていたが、別に顔色一つ変えずに言った。

「客？　誰だろう」

黒田は渋い顔で立ち上った。

「警察の方です」

「警察？」

黒田は戸惑い顔で、「分った」

と肯いた。

「じゃ、また明日」

と、礼美へ声をかける。

「ええ……」

礼美が、まだ包帯に遮られた目で、黒田の出て行くのを見送っていた。

黒田は三十一歳。角膜移植に関しては、このK総合病院においても一番の腕前を持っている。

佐々木《ささき》院長のお気に入りでもあり、ゆくゆくは、院長の一人娘、佐々木正江《まさえ》と結婚して、院長の地位を継ぐものと思われていた。

こういう立場の人間は、当然のことながら敵も多く、色々な中傷や噂《うわさ》も絶えなかったが、黒田は無視するように努めて来た。――それに、黒田自身は、決して野心家ではない。

もちろん、院長として采配《さいはい》を振るのはすばらしいことに違いないが、黒田としては、そのために実際にメスを握って、執刀するときの充実感を捨てる気には、なれなかった。

そして、今、黒田は、自分でも一つの転機が訪れつつあるのを感じていた。

――あの、円山礼美に恋してしまったのである。

礼美に、長い間失われていた光を与えることには成功したと確信していた。

しかし、どうだろう。礼美は、現実に黒田を目の前にしたとき、今と同じように、手を握ってくれるだろうか？

礼美は、怖いと言ったが、その実、黒田の方がよほど怖いのだ。明日になるのを、できる限り引きのばしたいくらいであった。

廊下で受付の方へ歩いて行くと、看護婦の一人が黒田に気付いて、

「先生、こちらの方が――」

と、手で示したのは、くたびれたコートを腕にかけて、それに劣らずくたびれた

背広を着た初老のパッとしない男だった。

「——黒田先生ですか」

と、その男はやって来て、「N署の宇田《うだ》といいます」

と手帳を覗《のぞ》かせた。

「黒田です」

「お若いですな。主任とおっしゃるので、もっと年輩の方かと思っておりましたよ。さぞ優秀でいらっしゃるんでしょう」

黒田は苦笑して、

「ともかくこちらへ」

と、宇田という刑事を、応接室へ連れて行った。

「——こんな部屋が病院の中にねえ」

洒落《しゃれ》た造りの応接室のソファに座って、宇田は珍しげに中を見回した。

「院長の個人的な来客などに使います」

と黒田は言って、「ところで、こちらも忙しいのですが、ご用件を伺わせていただけませんか」

「そうですな、もちろん」

宇田は手帳を開いて、見ながら言った。「実はもう三か月ほど前になるのですが、ここから歩いて五分ほどのガード下のトンネルで、女が殺されました」

「ああ、憶《おぼ》えています」

「そうですか」

「あの道を通りますので。朝、ここへ来るとき、パトカーや何かでごった返していて、車が進めなくて閉口しました」

「それは失礼しました」

と宇田は笑って、「あの道はちょっと狭いでしょう」

「ですが近道ですから。ワーゲンに乗っているので、楽に抜けられます。あの日は仕方なく遠回りして行きましたが。――そのことが何か？」

「殺された女は中木久子《なかぎひさこ》と言って、近くの会社に勤めるＯＬでした。妊娠四か月で、どうやら、堕《おろ》すのを拒んで男に殺されたようです」

「むごい話ですね」

「で、我々も色々聞き込みをやったのですが、かなり付き合いは慎重にやっていたものとみえて、全く手がかりらしいものがありません。――ところが、どうやら、目撃者がいたかもしれないということになったのです」

「目撃者?」

「そうです。毎週、木曜日のその時間にそのガードをくぐって帰ることになっていた、と近くの喫茶店のマスターが思い出してくれました。もちろん、確実ではありません。しかし、殺された中木久子の死亡推定時刻あたりに、ちょうどその女はそこを通っているはずなのです」

「女ですか」

「ええ。――先生の患者で、円山礼美という人がいますね」

黒田はちょっとギクリとした。

「確かにいます」

「その女性に会いたいのですが」

「しかし、それは――」

と言いかけて、黒田は息をついた。

警察が相手だ。会わせないわけにもいくまい。黒田は渋々肯いた。

「しかし、あまり責め立てるように質問したりしないで下さい。本人は今、神経が昂《たか》ぶっているのです」

「というと……」

「明日、彼女の目が開くのです」

黒田の言葉に、宇田は目を見開いて、

「それはすばらしい！」

と言った。「立派なお仕事ですな」

「どうも、恐れ入ります」

黒田は、立ち上った。


「どうです――？」

と宇田は話を終えて、訊《き》いた。

黒田は、じっと礼美の様子を見ていた。時々手首の脈を取ってみる。別に興奮する様子もなかった。

礼美はしばらく答えなかった。包帯で、顔の半ばまで隠れているので、表情が良くつかめないが、黒田の目には、何かを思い出しかけているように見えた。

「ええ……」

と礼美は言った。「憶えています」

「そうですか」

宇田の顔が、ホッと緩んだ。「ありがたい！」

「でも、ご覧の通り、私は目が見えませんので」

と、礼美は言った。「――あの晩、あのガード下を通ろうとすると、何か呻き声のようなものが聞こえたような気がして、立ち止りました。――少ししてズルズルと何かがこすれる音がしました。あれはきっとその女の人が刺されて倒れるところだったんですね」

礼美の話し方が至って穏やかなのが、一層無気味な印象を強めていた。

「それで？」

「私は歩いて行きました。男の人が、すれ違って行きました。――私、途中で立ち止ったのを憶えています」

「なぜです？」

「誰かそこにいるような気がして。きっと、女の人が倒れていたんですね」

「その男は――」

「すれ違った後、トンネルの出口の所で、立ち止りました。――きっと私の方を見ていたんだと思います」

「ふむ。それが男だったというのは、なぜ分りました?」

「足音、歩き方……。靴の音は男の人のものです。それに息遣い」

「そんなものまで分るんですか?」

と、宇田がびっくりしたように言った。「すると、もしその男ともう一度会ったら、分ると思いますか?」

礼美は少しためらって、

「さあ、どうでしょうか。――はっきりとは……」

「分りました。――その男について、何か普通と違ったはっきりした記憶はありませんか? たとえば足を引きずっていたとか」

「いいえ、ありません」

「そうですか。いや、どうもお邪魔しました」

宇田は立ち上り、黒田と共に病室を出ようとして、ふと振り向いた。「その場所で一度、様子をうかがいたいんですがね」

「まだ、しばらくは無理ですよ」

と黒田が言った。

「ああ、もちろん、先生の許可がおりてからですが」

「私は構いませんわ」

と、礼美は言って微笑んだ。

2

「僕が何をしたっていうんです？」

その青年は宇田を迷惑げににらみつけた。

「話を聞くだけだよ」

と宇田はおっとりと言って、手帳を取り出した。

「困るなあ」

上等な背広を着たその青年は、そっと喫茶室の中を見回し、「銀行員は信用の商売ですからね。お客の前で警察手帳なんか見せびらかされちゃ迷惑ですよ」

「別に何もやっていなきゃ構わないじゃないかね」

「まあね。それで、なんの話なんです？」

浜上一郎《はまがみいちろう》、二十八歳。国立大出身の、M銀行エリート。折目正しく、見るからに客に好印象を与える青年である。

「君は中木久子という女性を知ってるね」

浜上一郎の表情は、全く動かなかった。

「知りませんね、そんな名前は」

「君と付き合っていた女性だよ。知らないはずはあるまい」

「冗談じゃないですよ。女にかまけてる時間なんてありゃしません。その女がどうしたんです？」

「殺された。三か月ほど前のことだ」

「気の毒に」

と、浜上はあっさりと言った。「でも僕は全然知りませんがね」

「そいつは妙だね」

「どうして僕が知っている、と思ったんです？」

浜上の口調が、わずかに警戒するような気配を帯びた。「僕の名刺でも持ってたんですか」

「いや、それならもっと早く来ているよ」

「それじゃ――」

「君がいつも中木久子と利用していたホテルの向いのラーメン屋の主人がね、憶えていたんだ」

浜上が初めて目をそらした。宇田は続けて、「そのラーメン屋の主人は、たまに君の銀行へ来ていてね、窓口で君の顔を知っていたよ」

浜上がどう出るか、宇田はじっと待っていた。浜上は肩をすくめて、

「その女って――どんな顔です？」

と訊いた。

「死体の写真しかない。あまり気持いいものじゃないだろうが」

と、宇田がポケットから取り出した写真を見て、

「ああ、それじゃ……。中木なんていうから分んないんだ。この子は〈ひとみ〉ですよ」

「ひとみ？」

「よく行ってたクラブではね、ひとみという名だった」

「じゃ、関係があったことは認めるね？」

「ホテルへ行ってオセロをしていたとも言えませんからね」

と浜上は微笑みながら言った。

「妊娠しているのは知ってたかね？」

「へえ。知りませんでしたよ。だって、もう半年近く会っていないし。——殺されてたんじゃ、会えないわけだ」

その非情な言い方に、宇田は思わず顔をしかめた。

「君の子じゃなかったのかね」

「ええ？　冗談じゃない！」

浜上は笑って、「それなら黙っちゃいませんよ、あの女。そりゃガメツイんだから。それでこっちも敬遠したんですからね。会う度に小遣いを何万もせびられちゃ、こっちもウンザリですよ」

「ゆすられて殺したんじゃないのかね」

浜上は急に表情をこわばらせた。

「証拠はあるんですか。いい加減なことを言わないで下さい！」

「まあ、ともかく今日のところはこれだけにしておく。——その内、声をかけるかもしれないよ」

立ち上った浜上は、何か言おうと口を開きかけたが、急に営業用の笑顔になって、

「ご来店をお待ち申しております」

と頭を下げた。

宇田は殴りつけたい気分だった。

「中木君ですか？ ええ、私の生徒でしたよ」

と、吉永信夫《よしながのぶお》は長髪を指でかき上げながら言った。

長くて、しなやかに動く指。ギターの弦をかき鳴らすのにうってつけの指のように、素人の宇田にも見えた。

「殺されたのはご存知ですね」

と宇田は言った。

「知ってます」

吉永はギターをわきへ置き、譜面台をどけると、

「びっくりしましたよ。本当に可哀《かわい》そうなことをした」

「木曜日はレッスン日だったのでしょう？」

「そうです。でもあの前の週から休んでいましたね」

「理由は言いましたか？」

「さあ。何だか具合が悪いとか……」

「妊娠していたのです」

「ああ、新聞にそう書いてありましたね。そのせいだったのかな」

「生徒としてはどうでした？」

吉永はちょっと考えて、

「まあ……あまり呑み込みのいい方じゃなかったな。しかし、真面目《まじめ》にやってはいましたよ」

吉永信夫は、スタイルこそ若々しいが、もう四十を越していた。そして、吉永の妻は、楽壇に大きな勢力を持つ音楽学校の娘だ。宇田はそこまで調べていた。

「ところで、中木久子はアパートで独り暮しだったんですが、どうも近所の人の話では、ギターの音なんか聞いたことがないそうですよ」

「そうですか？」

吉永はちょっとあわて気味に、「きっと――他の所でやってたんでしょう。アパートだと色々うるさいから」

「いつも中木久子のレッスンは何時からでした？」

「七時。七時からです」

「ちょっと遅いですね。最後のレッスンですね、その日の？」

「ええ、それは彼女の都合で――」

「中木久子との関係はどれぐらい続きました？」

吉永の顔から血の気がひいた。

「関係……というと……」

「もう分っているんですよ。この教室に、中木久子はギターを習いに来ていたわけではない。お二人の逢引《あいび》きの場だったんですね」

吉永は息を吐き出した。——どうやら、あのエリート銀行員よりはずっと純情なようである。

「確かに——そうです」

しばらくして、やっと吉永は口を開いた。「でも、そう長くはなかった。本当ですよ。あの事件の前の二か月ぐらいでした。それまでは、ただの話し相手だったんです」

「話し相手？」

「僕の方が話したんです」

と言って、吉永は苦しげに笑った。「妙なものですよね、いい年齢《とし》をして……。でも、ともかく家では僕は養子扱いで、いつも小さくなっていなきゃならなかった。だから、あれこれと愚痴を聞いてくれる人がほしかったんです」

「中木久子がその役を？」

「彼女は何でも話しやすい女の子でした。若い割に聞き上手といいますかね。——彼女に何やかやと言ってしまうと、もう胸がスッキリするんです」

「関係ができたのは？」

「まあ……二人とも何か落ち込んでいた、というのかな。たまたまその日は、彼女も何かいやなことがあったようで、いつものように話に乗って来てくれません。どうしたのか訊いてみると、急に抱きついて来て……」

「分りました。——彼女のお腹《なか》の子があなたの子だという可能性は？」

「そんなことはありません！　だって……」

「時期が合わない？　それはあなたのお話を信用すればですがね」

宇田は立ち上って、「では、またこのことでご連絡するかもしれません」

「あの——刑事さん。これはまさか公になるようなことが……」

吉永のおどおどした様子は、哀れを誘うほどのものだった。

「そのご心配は無用ですよ」

と、宇田は安心させた。そして心の中で付け加えた。——あなたが犯人でなければ、ね……。

「久子ね。——うん、そう、一時同棲《どうせい》してたことあるよ。ね、タバコある？　——

「悪いな。三本もらっていい？　――丸ごとくれるの？　ありがとう」

その若者は、いやに落ち着きがなかった。――麻薬かな、と宇田は思った。

「コーヒーはだめかい？」

宇田は、奥松尚次《おくまつしょうじ》がミルクを飲んでいるのを見て言った。

「うん。胃が弱いんだよ」

「いくつだい？」

「二十五」

その乾いた肌、虚《うつ》ろな目は、疲れ切った中年男のそれだった。

「何をして暮してるんだ？」

「色々さ。バイトでね。少し稼いじゃ、その金がなくなるまでブラブラしてんのさ」

「空《むな》しくならないか？」

「さあね。あくせく働くのなんて、つまんねえじゃん」

こうも無気力な相手には、腹も立たない。

「中木久子と同棲してたのは、いつ頃だ？」

「一年くらい前」

「どれくらい続いた？」

「そうね……半年くらいかな」

「同棲したきっかけは？」

「なんだったっけ。忘れちゃった」

「どうして別れた？」

「彼女が出てったんだ。どうしてか分んねえけど」

この男が相手じゃ、出て行かない方が不思議だ、と宇田は思った。

「殺されたの、知ってるか？」

「誰が？」

奥松尚次がポカンとした顔で訊く。

「中木久子さ」

「ああ、そういえば……。誰かそんなこと言ってたっけ。――でも、関係ねえよ。そうだろ？　別れた女がどうしようと、知ったこっちゃねえよ」

「別れた後で、彼女に会ったことは？」

「全然。——めったに外へ出ないからね、俺。会いようがないのよ」

これではまるで話にならない。——宇田は奥松を解放してやることにして、もう一箱、タバコを握らせた。

「や、すまねえ。どうもあんがとよ。本当にね、どうも……」

奥松が出て行くと、宇田は少しホッとした。ああいう若者を見ていると、苛々《いらいら》するのだ。

コーヒーを飲みほしたとき、

「失礼します」

と声がして、見上げると、これも二十五ぐらいの、しかし大分若者らしい若者が立っていた。

「何だね?」

「今、たまたま話を聞いちゃったんです。僕は奥松と同じアパートにいます」

「ほう。それで何か?」

「あいつ、あんな風になったのは、中木久子がいなくなってからなんです。前もいい加減な暮しはしてたけど、久子と同棲を始めると、見違えるように働き出しました。浮き浮きして、彼女に惚《ほ》れてるのが、はた目にも良く分りました。もう夢中だったんですよ」

「それがなぜ——」

「分りません。結婚するのも時間の問題、とみんな思ってました。ところが、ある日突然彼女が出て行った。——以後、奥松の奴、ずっとああなんです」

宇田は、奥松が出て行ったドアの方へ目を向けた。——それならば、彼女が妊娠したと知れば嫉妬《しっと》に狂って殺すことも、充分にあり得ることだ……。

3

礼美は広々とした野原を走っていた。

花が咲き乱れ、膝《ひざ》までも潜る、天然のカーペットを敷きつめている。青空の輝きは突き抜けるようで、遠い山並は、昼寝する人魚のように優しい曲線を描いていた。

ああ、思い切り走れる！　——何てすばらしいことなんだろう！

世界は涯《はて》しなく続いていた。どこまでも走って行けそうな気がした。

——礼美は、肩に触れる手を感じて、目を覚ました。

明るい病院のテラスで、日光浴している内につい眠ってしまったのだ。顔を上げると、黒田の顔があった。

「先生！」

「やあ、どうだい？」

「いい気分です」

「まぶしくない？」

「陽に当ったときは少し。でも——すぐに馴《な》れます」

「よかった」

と黒田は言って、手近な椅子《いす》を引き寄せて座った。

「大成功だね」

「本当に先生は大恩人です」

「やめてくれ」

黒田は苦笑した。

「先生、どうして手術の後は、たまにしか来て下さらないんですか？」

黒田はちょっとギクリとして、

「それは——忙しくなってね、つい」

「もう、済んでしまった患者には、興味がないんですか」

「いや……」

黒田は口ごもった。それから、ゆっくりと息を吐き出して、

「嘘《うそ》をついても仕方ない。——怖かったんだよ」

「怖い、って……私が？」

礼美は戸惑ったように言った。

「君に見られるのが、ね。——君が、実際に僕を見る前に想像していたのと、あまりに違いすぎるんじゃないかと思って……」

「先生……」

礼美は、じっと黒田を見つめた。

「君が好きなんだよ」

と黒田は言った。

礼美は目をそらした。

「でも——看護婦さんから聞きました。先生は院長先生のお嬢さんと……」

「そんなこと、何も決ってるわけじゃないんだ」

「でも、せっかくの将来を——」

「医者は一人だよ。どこにいても孤独なんだ。そうでなくちゃいけない。僕は権力なんか欲しくもないよ」

「先生！」

二人は手を取り合った。

咳払《せきばら》いがして、二人はあわてて離れた。

宇田が立っていた。「私を憶えておいでかな？」

「——失礼します」

「ええ。刑事さんですね。お声で分ります」

宇田は微笑んだ。

「これは嬉しい」

「あの事件の犯人は見付かったんですの？」

「実はそのことで、お願いがありましてね」

「何でしょうか」

「一応、三人の容疑者が出ているのです。しかし、決め手になるものがない。――そこで、一つあなたに、その三人と会ってみていただきたいのです」

「そんな無茶な！」

と黒田が怒ったように言った。「犯人がその中にいたら、彼女を殺すかもしれない」

「ご心配なく、もちろん警察官が立ち会って行なうのですから」

「しかし――」

「先生」

と、礼美は遮って、「――私、やりますわ」

「それはありがたい」

と、宇田は息をついた。「では、あのガード下の現場で、明日、よろしいですか？」

「結構です」

「では、一時に迎えに来ます」

宇田が帰って行くと、黒田は不安げに礼美の手を取った。

「大丈夫かい、君？」

「ええ。別に心配ないでしょう。——それに、あの女の人、子供ができてたんですって。犯人は二つの命を奪ったわけですもの、許せないわ、私。少しでもお役に立つのなら、やってみます」

礼美の言葉は、きっぱりとして、揺《ゆる》がなかった。——黒田は肯いた。

「分った。じゃ、僕もついて行こう」

「お忙しいんでしょう」

「構うもんか」

黒田は笑って礼美の頰へ手を触れた。

「——一体何させるんですか」

と、銀行員の浜上が苦情を並べた。

「昼休みを脱《ぬ》け出して来たんだ。早いところやって下さい」

宇田はおっとりと構えて、

「まあ落ち着いて」

と言った。「まず走って下さい」

「何です？」

と、ギタリストの吉永が訊き返す。

「走るんです。このガードをくぐって向うへ行き、またここへ戻って来る」

「何のゲーム？」

と、奥松がタバコをくわえたまま訊いた。

「少し息切れしていただきたいのでね」

と宇田が言った。「お願いします」

不服そうな浜上も、吉永と奥松が駆け出したので、仕方なくついて走り出した。

戻って来ると、三人は軽く息を弾ませている。

「次は逆立ちしろなんて言わんでしょうね」

浜上が皮肉っぽく言った。

「お一人ずつ、このトンネルを向うへ歩いて行って下さい」

「それで、どうするんです？」

と、吉永が訊いた。

「一人の女性がすれ違います。それで終りです」

馬鹿らしい、とブツブツ言いながら、まず浜上が歩き出した。

トンネルの反対側の口から、礼美は歩き出した。——二人の距離が狭まる。

黒田は、じっと息をつめて、様子を見守っていた。

礼美は、耳に神経を集中した。すれ違って行く男の息遣い……。違う。——いや、そうだろうか？　違うような気がする。

宇田は、トンネルの出口で待ち受けていた。

「どうでした？」

礼美は、ためらってから、

「よく分りません」

と言った。「目に見える物で邪魔されてしまって……。刑事さん。杖かステッキを探して来て下さい」

「ステッキ？」

「それと、目かくしになるものを。もう一度あのときと同じ状態にならなくては、分りません」

と、礼美は言った。

「分りました。すぐに――」

宇田は、礼美のはっきりした言葉に肯いた。

「――大丈夫かい」

と黒田は不安そうに言いながら、礼美に目かくしをした。

「心配しないで下さい。まだ忘れていませんわ」

と、礼美は微笑みながら言った。

「これでいい？」

「ええ。ありがとう」

礼美はステッキの先で目の前の地面を叩きながら、歩き始めた。

浜上も、吉永も、奥松も、今は文句一つ言わずに、緊張した表情で、待っていた。

礼美が、目かくしをしたまま、トンネルを進んで来る。

「――驚いた！」

と、宇田が呟《つぶや》いた。

礼美は、トンネルの中央を、真直ぐに歩いて来たのだ。ほとんど右へも左へも、寄ることがなかった。

「凄《すご》い勘だ」

と吉永が感心したように言った。

実験が再開された。今度は奥松が先に歩いて行った。

礼美が歩いて来ると、途中で、

「もっとゆっくり歩いて下さい！」

と声をかけた。

奥松があわてて足取りを緩めた。

礼美は、すれ違って行く奥松の息遣いを聞いた。——違う、と思った。

足音は、わざと変えられるし、靴が違えば変って来る。しかし、息遣いは変らないはずだ。それに、奥松の息はタバコくさい。あのときの匂いは……。

何だったろう？　礼美は考え込んだ。思い出せない。何か匂ったのだが。

次は吉永だった。

礼美は、少し似ている、と思った。こんな息遣いに近かった。同一人かどうかは、自信を持って言えないが。

それに、気になるのは背の高さだ。吉永は割合に小柄である。息の音のする位置が、あのときより少し低いという気がした。

あのときその男は、もう少し背が高かったような気がする。

最後は浜上だ。

礼美は、すれ違った瞬間、ふっと冷やかなものを感じた。この男だ、と思った。目を開けているとき聞いたのとは、全く違って聞こえる。いかに耳に与える目の影響が大きいか、ということだろう。

似ている。背の高さも。——しかし、ピタリとはまるというわけにはいかなかった。

もちろん、記憶の方が多少変形されているということもあるだろうが。

足取りが、違うような気もした、わざと変えているのかもしれないが……。

「ご苦労さん」

と、宇田が寄って来た。

「どうも」

礼美は自分で目かくしを取ろうとした。全員が集まって来る。礼美は、目かくしを取る一瞬、思わず息を呑んだ。

4

「お役に立てなくって……」

と礼美は言って頭を下げた。

「いやいや、大したもんですよ」

と宇田は言った。

病院にほど近い喫茶店である。黒田も脱け出て来て、一緒に席についていた。

「どうも、浜上というのが怪しいですな。大体不愉快な奴で、奴が犯人であってくれりゃ、ありがたいですが」

と宇田は笑った。

「彼女の証言では証拠にならないでしょう」

と黒田が言った。「並の人間より、よほど確かだとは思いますがね」

「同感です」

と宇田は肯いて、「ところで、その、目かくしを外す直前に耳にした息遣いというのが不思議ですね」

「ええ。確かに、あのとき、犯人のものとそっくりな息遣いを聞いたような気がしたんですけど……」

と、礼美は首をかしげた。「でも、目かくしを外してしまったら、もう分らなくなりました」

「どういうことですかねえ」

「トンネルの中と外の違いか……。それとも、何人かの方の息遣いが混じってたまたま似た息遣いになったのか……」

「ふむ」

宇田は顎《あご》を撫《な》でた。「まあ、また何か思い出したら、いつでもご連絡下さい」

「はい」

「刑事さん」

と、黒田が言った。「彼女の身辺はどうなるんですか？」

「さあ、それは……」

「あの三人の中に犯人がいたとすると、彼女に危害を加えようとするかもしれないじゃないですか」

「いや、まず大丈夫でしょう」

と、宇田はのんびりと言った。「そんなことをすれば、自白するようなものだ」

「でも、彼女が殺されてからじゃ、遅いじゃありませんか！」

「先生、大丈夫ですよ」

と、礼美がなだめる。

「では、これで」

宇田が行ってしまうと、黒田は、礼美の手を握りしめた。

「もう、何もかも忘れてしまうことだよ」

と、黒田は優しく言った。「生れ変ったんだと思ってね」

「ええ。先生と一緒なら、何でもできます」

黒田は、礼美の、握り返して来る手の優しさを、いつまでも味わっていたかった。

「――いつ退院できますか？」

「そうだね、もう二、三日でいいだろう」

「じゃ、今度は外で会えるんだわ」

「そうだ。どこかへ行こうよ。どこがいい？」

「いつ？」

礼美が頬を上気させた。

「今度の日曜日は？」

「ええ！　それじゃ、遊園地に行きたい」

「遊園地？」

「一度、ジェットコースターに乗ってみたかったんですもの」

「いや、あれはやめた方がいい」

と、黒田は真顔になって言った。

「目に悪いですか？」

「いや、僕は怖くて乗れないんだ」

礼美が、少し間を置いて噴き出した。

「疲れないかい？」

と、黒田がソフトクリームを手渡しながら言った。

「ちっとも」

と礼美はペロリとクリームをなめて、

「こんなに面白い所だったなんて、信じられないくらい」

と言った。

凄《すご》い人出だった。上天気の休日となれば当然だろう。乗り物一つにも行列ができていたが、礼美は並ぶことさえ楽しんでいるかのようであった。

「昔は来たことがあるんだろう？」

「ええ。でも、あの頃は、まだ乗り物の種類も少なかったし、もっと狭かったし……」

礼美の目はまるで十歳の少女のように輝いている。

次から次へと駆け回る礼美について歩いて、黒田は少々息切れ気味だった。

「少し休もうよ」

「あら、お医者さんがそんなことでどうするんですか」

と礼美は笑いながら言った。

それでも、二人は、近くの芝生《しばふ》に座って、一息入れることにした。

「少し馬鹿みたい、私？」

と、礼美が訊《き》いた。

「いや、とんでもない。こんなに君が素敵に見えたのは初めてさ」

「本当に？」

黒田は、礼美の手をそっとつかんだ。

「突然日蝕《にっしょく》になったらいいね？」

「どうして？」

「暗くなってる間に、君にキスする」

「いやだわ」

礼美は赤くなって笑った。

二人の様子を、少し離れた場所から見ている人影があった。

「入りましょうか」

と礼美が言った。

「ええ？　本当に入るの？」

と、黒田が訊き返した。

そこは〈お化《ばけ》屋敷〉であった。

「面白そう。ね、いいでしょ？」

「仕方ないなあ」

黒田は苦笑いしながら、入場券を買った。

「――静かね」

と、狭い通路を通りながら、礼美は言った。

「あんまりにぎやかじゃ、お化も出て来れないだろ」

暗い部屋が続いた。――もちろん、古井戸の幽霊とか、あれこれと出ては来るが、怖いというより、むしろ笑いたくなる類《たぐい》のものが多い。

「本当に真っ暗だわ、ここ」

新しい部屋へ入って、礼美は言った。――本当の闇《やみ》という感じで、手探りで進む他《ほか》はない。

「先生。手をつないでて。――先生」

　手を伸ばそうとして、礼美は聞いた。

　――あの息遣い。あのときの、殺人者の息遣いを。

「先生！」

　礼美が叫んだ。「誰かいます！　犯人が！」

　暗闇が、あのときの記憶を呼びさましたのだ。――この息遣いだ。

「先生……」

　足音が、礼美の周囲をゆっくりとめぐった。

「どこ？　――先生」

　礼美は必死になって、落ち着こうとした。一人で切り抜けるのだ。何とかして。

　礼美は固く目を閉じる。――不思議に、気持が落ち着いて来た。

　今、自分の立っている場所が、見えて来る。ここまでに辿《たど》って来た、曲りくねった通路も、はっきりと思い出すことができた。

　相手は目が見えるはずだ。ということは、この暗がりの中を、自由に動き回ることはできないのだ。

礼美は呼吸を整えると、クルリと向き直って、駆け出した。

狭い通路へと、過たずに飛び込む。左、右、左、と記憶の糸を逆に辿りながら、目をつぶったまま、礼美は駆けた。

誰かにいきなりぶつかった。

「どうしたんです！」

聞き憶えのある声に目を開くと、宇田が立っている。

「刑事さん！　犯人が中に――」

と礼美は言った。「先生も――どこかへ行っちゃったんです！」

「来なさい！」

宇田は礼美の手をつかんで、入口へ向って逆に走り出した。

礼美はかなり戻っていたらしく、すぐに入口から表へと出た。

そこから、宇田はさらに礼美の手を引張って走ると、芝生の所まで来て、足を止めた。

「――大丈夫ですか」

と宇田が訊いた。

「ええ、私は……。先生が――」

「落ち着いて。私の話を聞いて下さい」

「でも――」

「ともかく、聞くんです」

宇田はじっと、礼美を見つめた。「――私は、お二人の後をずっとつけていたんです」

「ずっと？」

「そうです。〈お化屋敷〉に入るのも見ました。――しかし、お二人の後、誰も入って行った者はありません」

「でも……。それじゃ、犯人は先に中に入っていたんですか？」

「お二人があそこへ入ることが、予《あらかじ》め分るはずがないでしょう」

「それじゃ……」

と言いかけて、礼美はよろけた。「まさか！　そんなことが――」

「あの中は暗くて、声も響いて、ちょうどトンネルの中のようだ。だから、黒田先生の息遣いも、違って聞こえたでしょう」

礼美は、その場に座り込んでしまった。

「――この間、あなたが、目かくしを取る直前に犯人らしい息遣いを聞いたと言ったとき、ふと思ったんです。あのとき、黒田先生も、駆け付けて来ていた。そして調べてみました」

宇田はかがみ込んで、続けた。「黒田先生は、院長の娘と結婚することになっていました。そこへもし、中木久子が現れたら……。妊娠四か月。先生としては、将来を失うことになる。――中木久子と先生が関係があったという証拠はありません。しかし、それしか考えられない」

「でも、先生は……権力なんかいらない、と……」

「おそらく、あなたを本当に愛したのでしょう。――しかし、あなたが先生の治療を受け始めたのは、すでに中木久子が殺された後だったのです」

礼美は両手で顔を覆った。

「ここにいて下さい」

宇田は、〈お化屋敷〉へ向って走って行った。礼美も、気を取り直すと、後を追った。

騒ぎが起っていた。

遊園地の係員が、誰かを運び出していた。

宇田が、駆け寄ってかがみ込む。

礼美が、そばへ行くと、宇田は振り向いて立ち上った。

「自分で喉《のど》を――」

と言いかけて、言葉を切った。

礼美は、固く目を閉じていた。そして、傍《わき》へ退いた宇田と入れ代って死体のそばに座った。

指が、そっと伸びて、黒田の死顔に触れた。両手で、愛撫《あいぶ》するように、黒田の顔を撫で回す。目はずっと閉じたままだった。

――死体が運び去られると、初めて礼美は目を開けた。

「先生の顔を……」

と、宇田が言った。

「ええ、忘れないようにと思って。――闇の中の方が、いつまでも残るんですもの」

礼美は、しっかりした足取りで、歩いて行った。

〈精神科〉殺人狂団地

1

「えらい雨になったわね」

と、若い妻が言った。

「全くだ。しかし、却《かえ》って明日は晴れるんじゃないか」

夫の方は楽観的である。

「どうだか」

妻は、あくまで分厚く垂れこめた雨雲を、ちょっとつまらなそうに見上げた。

「雨の日に新しい家を見ることも必要なんだよ」

と、夫はハンドルをゆっくり回しながら言った。

「排水や雨漏りなどもチェックできるからね」

「新築よ。今から雨漏りしたらどうするの」

「しかし、大丈夫だったじゃないか」

「歩道は泥だらけだったわ」

「まだ工事が終ってないんだ。仕方ないじゃないか」

二人は、今度当選した公団の分譲住宅を見に行っての帰り道だった。

明日は引越しで、今日、自分の家の鍵《かぎ》を受け取って来たのである。

その一角全体が、新たに開発された土地で、周囲には山林も残り、自然環境は良かった。そこに、タウンハウスと呼ばれる、二棟ごとにくっついた建物が、並んでいる。

団地とはいえ、高層ではないし、狭いながらも庭がついていて、一戸建てのような感覚があるので、人気は高かった。

この夫婦も、かなりの競争率を突破して、さらに金策に駆け回って、やっと獲得したのであった。

もう夕方もかなり遅く、林の中の道は、曲りくねっていて、他《ほか》の車と出くわすことはほとんどなかった。

今日、昼頃から少し降り出していた雨は、すっかりこの時間には本降りになっていて、灰色のカーテンのように、視界を遮っていた。

「──誰かいる」

と夫が言った。

「え？」

妻の方も気付いた。黒い人影が、前方でしきりに手を振っている。

「この雨に、どうしたのかしら」

「故障だろう。車がある」

「乗せてあげたら？」

「そうだな」

二人とも上機嫌なのである。

車はスピードを落として停《とま》った。

コート姿の男が駆け寄って来る。夫の方が窓を開けた。

「どうしたんです？」

「故障で往生してるんです」

と男は言った。「すみませんが、電話のある所まで乗せていただけませんか」

四十前後、学校の教師か何かのような印象の、実直そうな男だった。

「いいですよ」

「そりゃありがたい！　助かります」

夫が、後部座席のドアのロックを外した。男はコートを脱ぎながら乗り込んで来た。

「シートが濡れちまいますね、すみません」

と男は恐縮した様子だった。

「いいんですよ。お互い様ですからね」

「いや、本当にご親切に。――この前に、三台車が通りましたが、誰も停ってくれないんですからね！」

車は、再び走り出した。残された小型車の運転席では、男が一人、首に紐《ひも》を巻きつけられて死んでいた。

「――この辺の方ですか」

男は夫婦に話しかけて来た。

「この先の団地に当って、明日引越して来るんですの」

と妻の方が説明した。

男は、なかなか如才がない感じで、そういう商売なのか、あれこれと話しかけては来るが、決してうるさくは感じさせなかった。

「確か少し先にドライブインがあったかな」

と夫の方が言った。

「そうですか」

と男は言った。「残念ですな」

急に口調が変ったので、妻の方が振り向いた。男は左手で妻の髪をわしづかみにするとぐいとのけぞらせ、右手に持ったナイフで、喉《のど》を切った。夫が急ブレーキを踏んだ。

車は道をそれて、そのまま林の中へと突っ込んで行った。

2

「もう、こんなに！」

今村弘子《いまむらひろこ》は思わず声を上げた。

昨日の雨が嘘《うそ》のように、素晴らしく晴れ上った日曜日だった。

今日からこの団地に入居できるのである。もちろん一か月以内に入居すればいいのだが、新しい我が家に一日も早く住みたいのは人情、誰しも同じとみえて、その日、朝七時に引越しトラックに乗り込んだ弘子は、絶対に自分が一番乗り、と思ってやって来たのだった。ところが……。

もう、トラックを停める場所が奪い合いになるような混雑で、思わず叫んでしまったのだった。

こうなったら、少々焦っても仕方ない。

作業は引越業者に任せてあるので、弘子はトラックを降りると、自分の家の玄関の鍵を開ける。

「——じゃ、奥さん、庭から入れますから」

と、業者の声がして、

「はーい、今、ガラス戸開けます」

と、大声で返事をした。

新しい家。——昨日、一通り掃除はしたが、まだどうしても埃《ほこり》っぽい。

ともかく、引越しが完全に済んでから、もう一度大掃除だ。

今村弘子は、二十六歳である。夫は二十八歳で、旅行会社に勤めていた。弘子もかつてはその社員だったのである。

結婚は一年前。差し当っては弘子が一人でいたアパートに、二人で住んでいたが、この団地に当って、越すことになった。

六畳一間から4LDKとは大出世だが、出費の方も大きかった。弘子の実家、今村の父親から大分借金して、何とか頭金を払ったのである。

毎月の払いも少なくない。生活は楽ではないだろうと覚悟していた。

「場合によっては私が働かなくちゃ……」

弘子は内心そう考えていた。

夫は仕事柄出張が多い。弘子にしても、一人で家にいて退屈するよりは、働きにでも出ていた方がいいと思っていたのだ。

今日も今村は出張中で、こうして弘子一人が引越しトラックに同乗して来たのである。

「奥さん、このタンスは」

「あ、その六畳。——ええ、奥の壁にくっつけて、そうです。——あ、その本棚はここに」

搬入が始まって、弘子は目が回りそうな忙しさになった。

業者の方は手慣れたもので、どんどん運び込んで来る。弘子も、一応、何をどこへ置くかは考えてあったのだが、いざ置いてみると、不つりあいだったり、入らなかったりで、その都度頭をかかえた。

玄関のチャイムが鳴った。――しばらく弘子は気付かなかった。

「奥さん、誰か来てんじゃないんですか」

と業者に言われて、あわてて玄関へ走る始末。

「――はい」

ドアを開けると、自分より少し年長――たぶん三十ぐらいの女性が立っている。

「私、お隣の相沢《あいざわ》です。奥さんですね」

「あ、どうも。今村と申します」

弘子はあわてて頭を下げた。

「こちらこそ、――いえね、うちも引越しの方たちに昼食を取るんだけど、何ならご一緒に頼もうかと思って」

「まあ、もうそんな時間！」

弘子はびっくりした。「じゃお願いできますか。申し訳ありません」

「いいえ、どうせ同じ手間ですもの」

と人の好さそうなその女性は、「何人かしら？」

と訊《き》いた。

相沢周子《しゅうこ》というのが、その主婦の名だった。夫は三十七、八というところか。よく太って、人の好さそうな亭主だった。

「──じゃ、あなた一人で？　大変ねえ」

と相沢周子が言った。

「月の半分はいないんですもの」

と、弘子は熱いソバをすすりながら言った。

すすめられるままに、相沢周子の家で一緒に食べているのである。

「そりゃ寂しいでしょうね」

と、相沢周子は言って、「うちなら清々するけど」

と笑った。

二人の男の子が、表の芝生を駆け回っている。——あれじゃ、芝が根づかないな、と弘子は思った。

「ニュースの時間だ」

と、相沢が言った。

「まだTVはつかないわよ」

「ああ、そうか。じゃラジオは？」

「その奥。——あったでしょ」

「うん」

ポータブルラジオのスイッチを入れて、相沢はニュースに聞き入っている。

「ニュース聞かないと落ち着かないって人なの」

と、周子が言った。

「——逃亡中の森口《もりぐち》は、年齢四十歳。中肉中背で、髪が少し白くなりかかっており、左の腕に火傷《やけど》の痕《あと》がある、ということです」

アナウンサーの話に、周子は、

「何の事件？」

と訊いた。

「殺人犯だ。警官を殺して逃げた」

「まあ恐い！」

「どの辺なんですか？」

と、弘子が訊いた。

「さあね、よく聞かなかったが。新聞を見れば分るでしょう」

相沢はのんびりと言った。

殺人犯か。——今、この瞬間にも、その男がどこかを逃げているのだと思うと、何となく妙な気分だった。もちろん、私たちには何の関係もないことだけど、と弘子は思った……。

「じゃ、新しい家での楽しい生活を祈って——」

「乾杯！」

コップが上げられて、ビール、ジュース、コーラなど、思い思いの飲物を、一気に飲み干す。

弘子も、コーラを一気に飲んだ。立ち働いて、喉がカラカラだったのである。一日はあっという間に過ぎて、夕方近くなっていた。

この辺はまだ空気が澄んでいるのか、夕焼の空の赤と青のまだら模様は、ため息が出るほど美しかった。

ここは集会所である。団地の各ブロック毎に作られた建物で、この広い部屋では、会議とか集会、空いている昼間は、各種の習いもの教室なども開かれるということであった。

「私、ヨガをやるわ」

と、相沢周子が宣言していた。「ただ、教室ができるかどうかが問題なのよ」

誰からともなく、せっかく引越して来たんだから、全員でお祝いの会をやろうと言い出し、そして今日入居して来た全員が集まった、というわけだ。

「うちはまだ全然片付かないの」

「うちだって――」

と、そこここで話の花が咲いている。

そうだ、と弘子は思った。あのご夫婦、どこかしら？

以前、入居者説明会のとき、一緒になって、あれこれおしゃべりをした。若い夫婦で、奥さんの方は、確か私よりも若かったっけ。

弘子は、部屋の中をゆっくり歩いてみた。しかし、その夫婦の顔は見えない。

「変ね……」

あの奥さん、絶対、初日に入居するわ、と頑張っていたのに。

名前は何といったろう？　――忘れてしまった。何か……「木」がついたような……。

だめだ、思い出せない。

たぶん、ご主人の都合か何かで、今日越して来られなかったのだろう。――しかし、弘子は、年齢が近いせいもあって、あの奥さんと会うのが楽しみでもあった。

「――あ！」

集まっている人々の顔を見ながら歩いていた弘子は、誰かにぶつかって、声を上げた。

手にしたコップには、二杯目のコーラを、一杯に注《つ》いだばかり。ついてなかった。

その男性の背中にコーラが大きくしみを作ってしまったのである。

「あの——すみません、本当に」

弘子はどぎまぎして詫《わ》びた。

男は振り向いた。少しも怒っている様子はない。穏やかな笑顔を見せたので、弘子はホッとした。

「大丈夫ですよ」

と、四十歳ぐらいのその男性は、手早く上衣《うわぎ》を脱いだ。

「申し訳ありません。クリーニングに出してお返しします」

「いやいや、どうせ引越しで汚れたんですから。構やしません」

「そういうわけにも……」

「あなたは何号ですか？」

「私ですか？　七号の今村と申します」

「じゃ、隣の建物だ。六号の寺木《てらき》です」

寺木——。そういえば、あの若い夫婦、そんな名前ではなかったろうか？

でも……まさか同姓ということもないだろうが。

「クリーニング代は持たせて下さい」

と、弘子は重ねて言った。

「そうまでおっしゃるんでは、却ってお断りしては失礼ですね。分りました」

寺木と名乗ったその男は、微笑《ほほえ》んだ。人当りの柔らかい、好感の持てる笑顔だった。

寺木は隣の建物、相沢が壁を隔てた隣——。両隣には恵まれたか、と弘子は思って、取りあえずはホッと胸を撫《な》でおろしていた。

寿司《すし》なども取って、夕食を済ませてパーティは散会した。

弘子は相沢周子と一緒に、残って、皿やコップの片付けをしたが、皿もコップも使い捨ての紙製なので、たちまち片付いてしまう。

「うちでもこんなに簡単だといいわね」

と、周子は笑った。

みんなが集会所から自宅へと散って行く。

「今村さん」

と声をかけられて、振り向くと寺木だった。

「お一人なんですか」

「主人が出張で……。寺木さんは？」

「家内は病気で入院しているんですよ」

「まあ、お気の毒に」

と、弘子は言った。「いつごろ退院できそうですの」

「いつになるか分りません」

「そうですか」

「ご主人が留守では大変ですね。お手伝いすることがあれば何でも言って下さい」

「ありがとうございます。主人も明後日には帰りますし、大丈夫だと思いますわ」

「またそのときに、改めてご挨拶しますよ。では」

「失礼します」

弘子は頭を下げ、寺木と別れて歩いて行った。何となく振り向くと、寺木が目をそらして、自分の家の玄関へと歩いて行った。

こっちを見てたのかしら、と弘子は思った。

——奥さんが入院じゃ、ちょっと危いかしら？

「何を考えてるの？」

と弘子は笑いながら独り言を言った。

寺木の姿を見て、何となく妙な気がした。

――なぜだろう?

そう……何となく、着ているものが、寺木には合わない。派手すぎるということもある。もっと若い人が着そうな、色、デザインなのである。

それに、ちょっとスポーツシャツが、きつそうだったり、ズボンが長めだったり……。何だか借り着のような印象を受けたのである。

きっと、奥さんが入院しているというから、自分で選んでいるのだろう。

今村も自分で買って来ると、およそセンスのない服ばかりである。男は、そんなものなのだ。

弘子は、帰宅すると風呂を沸かして、のんびりと浸《つか》った。今日は一人だ。

部屋にまだ山積の段ボールは、ほとんど手をつけていない。別に急ぐことはないんだ。明日、ゆっくりと片付けて行こう。

やはり、疲れたのか、風呂から上ったら、やけに欠伸《あくび》が出る。弘子は早々に布団を敷いて床に入った。

そして、たちまちの内に、深い眠りに落ちて行った。――新居の第一日は、こうして終ったのである。

3

目が覚めると、弘子は、枕もとの時計を見た。――もう十一時である。

「いやだわ!」

あわてて飛び起きると、洗面所へ飛んで行った。

朝食はパンをかじって、済ませ、早速段ボールに取りかかった。

今日も上天気で、気持のいい日だった。

しかし、掃除や片付けばかりやってはいられない。明日は夫が帰って来る。食料品なども多少は買い込んでおかなくては。

庭へ出て、布団を陽に当てていると、

「今村さん」

と、周子が呼びに来た。「どう? 買物に行かない?」

「ええ、ぜひ!」

「じゃ、スーパーへ行きましょうよ。お昼もまだでしょう？　じゃ、あっちで食べましょう」

丁度巧《うま》いときに誘ってくれる。ありがたい、と弘子は思った。

早速、ジーパン姿ではいくら何でも、とスカートに替えて、出かける。

まだ少し林の残っている辺りを抜けて、ほぼ十分ほどで、少し前に出来た団地に着く。ここにスーパーマーケットがあるのだ。

買物をして、近くの中華料理店で一緒に昼を食べた。

店のＴＶがニュースを流している。

「――その男女は、ともに喉を鋭い刃物で切られて殺されており、手口から見て、同じ道路沿いで、警官を殺し、逃亡していた森口知男《ともお》の犯行ではないかと見られます。なお殺された男女の身許《みもと》は、まだ分っていません」

「あの事件、この近くなのよ」

と、周子が言った。

「本当？」

と、弘子は熱い餃子《ギョウザ》を頰ばって、目を白黒させながら訊いた。

「大分離れちゃいるんだけどね。ほら、学校のわきを通ってる自動車道路があるでしょ？　名前は知らないけど」

「ええ、引越しのとき通って来ました。何か山の中を通ってるような……」

「そうそう。あのずっと先の方で起った事件なのよ」

「へえ、知らなかったわ」

「だからもし犯人が車でも持ってたら、ここへ現れるかもね」

「怖いですね。でも団地はその点、みんな割とご近所だから――」

「それは言えるわね。まああの辺は安全よ」

と周子は肯《うなず》いた。「――さあ、帰りましょうか」

「ええ」

弘子は、餃子を二つ、食べ残していたが、そう味も良くないので、そのまま席を立った。

「あら、食べないの」

「もうお腹《なか》が一杯で」

「ちょっと待ってて」

周子は、調理場の方へ歩いて行くと、何やら話をしていたが、アルミホイルを少し切ってもらって戻って来ると、残った餃子を包んで、買物袋に入れた。

「お金払ってるんだから、持ってかなきゃ損よ」

弘子はびっくりした。相沢周子がそう金に困っているとも思えないが、きっとこれは性格なのだろう。

見かけによらないもんだわ。

外へ出て、弘子はちょっと不安になった。

「曇って来たんですね。——いやだわ、布団を干して来たのに」

「大丈夫よ。じゃ、少し急いで帰りましょ」

弘子は相沢周子と、帰りを急いだ。

「ああ、よかった」

自分たちの団地へ戻って来て、弘子は思わず呟《つぶや》いた。ところが、そのとたんにパラパラと冷たいものが顔に当ったのである。

「大変！」

弘子は家に向って走った。しかし、通り雨なのだろうが、大粒の、叩《たた》きつけるような降りで、たちまちずぶ濡れになる。

これじゃ布団もめちゃめちゃだ。弘子は泣きたくなって来た。

玄関の鍵を開けるのももどかしく、家の中へ飛び込むと、庭へ出る居間のガラス戸の方へ走った。そして——目を疑った。

干しておいた布団が、どこにも見当らなかったのである。

「そんな……確かに……」

だが、見渡すほどの庭ではない。布団の影も形もないことは、一見して明らかだった。

「どうなってるの？」

弘子は呟いて、その場に座り込んだ。

呆然《ぼうぜん》としている間に、通り雨は上って、陽が射して来た。弘子は庭へ降りてみた。

それから、もしかしたら、干したつもりで、実際はまだ押入れの中だったのではないかと思い付き、また部屋へ上って、寝室の押入れを見に行った。

だが、やはり押入れは空っぽである。一体どこへ消えてしまったのだろう？

玄関のチャイムが鳴っているのに気付いて、弘子は寝室を出た。

「——あら」

ドアを開けると、寺木が立っていた。

「やあ、どうも。さっきは凄《すご》い雨でしたね」

「ええ、本当に……」

「お出かけだったんですか？」

「ちょっとスーパーまで」

「そうでしたか」

寺木は愛想良く笑顔で肯いた。

「あの、何か……」

「いや、お詫びに上ったんです」

「お詫び？」

「さっき、無断でお庭へ入り込みましたのでね」

「庭へ？　じゃ、布団を——」

「庭に出ているとパラついて来ましてね、ふと見ると、布団が干したままだ。声をかけたんですが、奥さんはおいでにならないし、布団が濡れてしまうと思いましてね、申し訳ないと思いましたが、柵《さく》を越えて庭へ入らせていただきました」

「そうでしたの」

「布団は今、うちの乾燥機で乾かしています。多少は濡れましたのでね。どうか気を悪くなさらないで下さい」

「気を悪くするなんて、とんでもない！　本当にありがとうございました。すぐに布団をいただきに参りますわ！」

「いや、後、三十分ほど乾燥にかかりますから。それが済んだらお持ちしますよ」

「でも、そこまで――」

「いや、お隣じゃありませんか」

寺木は軽く微笑んで、帰って行った。

本当に優しい、いい人だ、と弘子は思った。ああいう人に限って、奥さんが入院したりする。気の毒に、と思った。

弘子は、三十分したら寺木が布団を運んで来てくれるのだ、と思い付いた。何かおもてなししなくては。

早速居間の荷物を少し片付け、お湯を沸かすべく、台所へと走った。

「——まあ、こんな時間になってしまって」

弘子は、びっくりして腰を上げた。

「お帰りですか?」

寺木は、ちょっと残念そうに言った。布団を運んで来てもらって、もてなすつもりが、逆に寺木の所で、お茶をごちそうになってしまった。

寺木は話が巧みで、弘子は全く飽きなかった。いつしか話に引き込まれていて、気が付くと、もう七時近くになっているのだった。

「どうも、お邪魔してすみませんでした」

「いやいや、こちらこそお引き止めして。ご主人は明日お帰りでしたね」

「ええ。改めてご挨拶に伺います。——では」

無理に引き止められないのもありがたかった。弘子とて若い人妻である。夫が留守のとき、隣の家に上り込んで、あまり長居をしていては、近所から妙に勘ぐられるかもしれない……。

自宅の玄関の鍵を開けてドアを開けながら、寺木の家の方へ目をやると、寺木が表に立っていて軽く頭を下げるのが分った。弘子も会釈《えしゃく》を返して、家の中に入った。

「すっかり遅くなっちゃった……」

夕食の支度、といっても、夫がいないのではあまり手間をかける気もしない。スーパーで買って来た調理済の冷凍食品を電子レンジで解凍して済ませよう、と思った。それでもご飯だけは炊かなくては。

手早くお米をといで、電気釜《がま》のスイッチを入れる。——炊き上る間に、寝室の布団を押入れにしまっておこうかと思った。

だが、乾燥でたっぷりふくらんだ布団はまるで今、外から取り入れたように暖かい。このまま寝ちゃいたいくらいだわ、と弘子は思った。

何の気なしに横になる。ふわり、と身体《からだ》が受け止められて、雲の中に浮かんだような快さ。

うちも乾燥機買おうかしら、と弘子は思った。陽に干しても、なかなかこんな風にはならないもの。

ああ、気持ちがいい……。ちょっと目をつぶって……眠くはないけど……目をつぶるだけ……。

弘子は、いつしか眠り込んでいた。

玄関のドアが静かに開いた。ゆっくりと上り込んで来た人影は、部屋を覗《のぞ》き込みながら、奥の寝室へとやって来た。

布団に眠り込んでいる弘子の上に、その影が落ちた。弘子の顔に当っていた明りが、一瞬、遮られて、また当った。その刺激が、弘子の目を覚まさせた。

目を開いて、人の気配を感じた弘子は、ギョッとしてはね起きた。

「誰なの！」

「不用心だなあ。玄関の鍵がかかってなかったぞ」

「——あなた！」

弘子は大きく息をついた。「ああ、びっくりした」

「気持良さそうに眠ってたな」

今村治夫《はるお》は、ボストンバッグを放り出すと、ネクタイを外した。

「ああ……眠っちゃって……。お帰りなさい……早くなったのね」

「うん。ちょうど名古屋で解散になってね。それで新幹線に飛び乗って帰って来たんだ。引越し、大変だったかい？」

「ゆっくり話してあげる。——晩ご飯は？　帰って来ると思わないから、大したもんないけど」

「何でもいい。我が家で食べられるだけで充分さ」

今村は弘子を抱き寄せてキスした。

「やめてよ……。すぐ支度するから……」

弘子は笑いながら、それでもキスを返して、台所の方へと急いだ。

「——じゃ、明日は休めるの？」

今村にご飯をよそいながら、弘子は言った。

「うん、明後日も午後から行きゃいいんだ。——少し骨休めしなきゃ。年寄りのツアーは疲れるからな」

「よかったわ。色々、釘《くぎ》を打ってほしい所とか、動かしてほしいものとかあるの」

「今夜は勘弁してくれよ」

と今村は笑ってビールを飲みほした。

「そうそう。両隣の方にもご挨拶してね」

弘子が、寺木のことを話すと、

「ふーん。僕がいない間に言い寄って来るんじゃないか」

とわざと心配そうに言った。

「馬鹿ね」

弘子は笑って、「お風呂に入る？」

と訊いた。

「新居の風呂か。一緒に入ろう」

「そんなに大きくないわよ」

弘子は愉《たの》しげに言って、風呂を沸かしに行った。

もう馴《な》れっことはいえ、やはり夫がいない毎日は寂しくて、いくらかは不安でもある。こうして帰って来てくれると、それが分るのだった。

「寝室は二階にしないのかい？」

と、風呂から上って、今村が言った。

「布団運ぶの大変だと思って――。どっちでもいいけど」

「せっかく二階のある家に来たんだ。二階で寝よう」

「いいわよ。階段から落っこちないでね」

と、弘子は笑った。

二階の二部屋の一方は洋室で、そこは差し当り夫の書斎。子供が生まれたら、子供部屋ということになろう。

もう一つの六畳の和室に、今村が布団を運んだ。弘子が風呂を出て、ネグリジェ姿で上って来ると、もう今村は軽いいびきをかいていた。

弘子は、ちょっとがっかりした。せっかく新しい家の第一夜なのに。でも——疲れているから仕方ないけど……。

隣の布団へ入ろうとすると、いきなり今村が起き上って飛びついて来た。

「キャッ！——もう、びっくりさせて！」

「当り前さ、びっくりさせてやろうと思ってたんだから」

今村が笑いながら、弘子の上にかぶさって来る。

弘子は、もう隣の部屋に声が洩《も》れるのを気にすることもないのだ、と思った。思いきり、夫を抱きしめる……。

4

「変だわ」

と、弘子は言った。

「何が？」

今村が顔を上げる。

遅い朝食の席だった。——越して来て、一週間目の日曜日である。

「説明会のときに会った若いご夫婦よ。全然見かけないの」

「まだ越して来てないんだろう。一か月以内に入居すればいいんだから」

「でも、昨日、ぐるっと見て回ったの。全部入っていたわ。それなのにいないのよ」

「じゃ、何かの都合で取り止《や》めたんじゃないのか」

「まさか！　あんなに張り切ってたのに」

「急に転勤になって、他の人に貸したとか、色々考えられるんじゃないか」

「それはそうね……」

弘子も渋々肯いた。しかし、どうも納得できないのだ。

あの、いかにも似合いの若い夫婦の顔が、はっきり思い出せる。

朝食の後片付けをしている内に昼になってしまった。居間へ戻ると、夫がTVをつけてニュースを見ている。

今村はかなりニュースはまめに見る方であった。好きで見るのではなく、旅行業という仕事柄、事故や紛争のニュースは早く知っておく必要があったのだ。

「――あら、あの殺人事件だわ」

「何だい？」

今村にコーヒーを淹《い》れてやりながら、弘子はTVを見た。

「ほら、身許不明の男女の死体が出たの。あなたは旅行中で知らないわね」

「まだ不明だって。――顔をつぶされてる、か。ひどいことするもんだなあ」

TVには、被害者の顔立ちを想像で復原した絵が出ていた。かなり若い。――ふっと、弘子は、見たことがある顔のような気がした。誰だろう？

だが、すぐに画面は消えた。

「——おい、せっかくの休みだ。買物があればついていってやるぞ」

今村が珍しいことを言い出した。

「そう？　まだ色々欲しいものがあるの。助かるわ！」

二人は早速、家を出た。近くのスーパーでは、雑貨が揃《そろ》わないので、バスで駅前まで出ることにした。

「車を買わなきゃな」

と、停留所へ歩きながら、今村が言った。

免許は持っているのだが、車はない。駐車場もなかったし、今村がいないことが多いので、むだだったのである。

「そんな余裕ある？　大変よ、返済が」

「何とかなるさ」

と、今村は楽天的だ。

弘子はそれほど楽観できなかった。やはり何か自分が仕事でもして……。

バス停の所で、若い女性がうろうろしていた。手にメモを持っている。弘子を見ると、

「すみません」

と寄って来た。「この家、どう行くのかご存知ありませんか」

メモを見て、弘子は思わず、

「あら」

と言った。――寺木の所である。

「寺木さんならお隣ですわ」

「まあ、そうですか！」

と、その女性はホッとした様子で、「本当に団地って分らないわ」

弘子が道を教えてやると、礼を言って歩いて行った。

バスが来て、弘子たちは、駅前へと出た。ここにはスーパーの大きなビルがあって、デパート並に色々と揃っている。

「お風呂場のタオルかけ、ふきん、二股《ふたまた》コンセント……」

メモを見ながら、おおかたの買物をすませた二人は、上の階の食堂へ入ることにした。

「混んでるわね。でも二人ぐらいなら」

と入りかけて、「――あら、寺木さん」

「やあこれはこれは」

寺木が、やはり雑貨らしい買物袋をかかえて出て来た。今村の方へ会釈して見せる。

「買物して、今から帰ろうかと思っていたところです」

「じゃ、今までここに?」

「ええ、そうです」

「じゃ、お客様は……」

「お客?」

「ええ。バス停で訊《き》かれたんです。寺木さんのお宅を」

「そうですか。――誰かな」

「若い女の方でしたけど」

寺木は、ちょっと考えていたが、

「ああ、それじゃ、きっと家内の妹でしょう。いつも黙ってやって来るんです。じゃ、急いで帰ってやらなくちゃ」

寺木は、急ぎ足で立ち去った。

混んだ店の中で、やっと席を見付けると、弘子と今村は息をついた。正に荷物との格闘という感じである。

「でも何だか陰気な人だな」

と今村が言った。

「え？　ああ、寺木さんのこと？」

今村が寺木のことをあまり快く思っていないのは弘子も気付いている。大体、女房に優しい男に好感を抱かないのは当然だろう。

「やっぱり奥さんが入院したりしてるから、気持がふさぐんでしょ」

と軽く言って、「あなた何にする？　私、甘いものが食べたいわ。チョコレートパフェにしよう！」

その週の木曜日から、今村はまた出張して行った。一週間は帰れないのである。

新しい家で、浮かれているのもそろそろおしまいだ、と弘子は自分に言って聞かせた。

家計のこと、将来の設計についても、考えなくてはならない。何かいいアルバイトでもないだろうか？

寺木に相談してみようか。——夫が気を悪くするかと思ったが、そうなると却ってやってみたくなる。

それに、相沢周子にでも頼めば、近所の奥さんたちに知れ渡らないとも限らない。

弘子は、窓から寺木の家の様子を覗いてみた。何やら庭でスコップを手に、土を掘り返している様子だ。

弘子は、思い付いて、昨日自分で焼いたクッキーを器に入れて家を出た。寺木の家の玄関へ来てチャイムを鳴らすと、しばらくしてインタホンで返事があった。

「——さあ、どうぞどうぞ」

寺木は愛想良く言って、「すぐにお茶でも——」

「どうぞお構いなく」

と、弘子は腰をおろしながら言った。

「——お庭いじりでしたの？」

「ええ、一つ花でもと思いましてね。土を掘り返していたんです。まああまりいい士とも思えませんが」

寺木が紅茶を出してくれ、弘子は自分で持って来たクッキーを出して一緒につまんだ。

「この間、奥様の妹さんとはお会いになれまして？」

弘子の問いに、寺木はちょっと戸惑ったようだったが、すぐに肯いて、

「ああ、あの子ですか。ええ、待たされてふくれていましたよ」

と笑った。

「奥様の具合はいかがですか」

「相変わらず、というところですね。良くも悪くも……。時間がかかりそうです」

「一人でお寂しいでしょう」

「いや、慣れていますよ。それに割合と一人でいるのが好きな性質《たち》でしてね」

「じゃ、お邪魔してしまったようで——」

「ああ、いや、そんな意味でいったんじゃないんです。奥さんは別ですよ」

「そんな……」

何となく、弘子は目を伏せた。

「ご主人は出張ですか」

と寺木が訊いた。

「ええ。一週間ほど帰りません」

少し、ぎこちない沈黙が続いた。弘子は、立ち上って、

「もう帰らなくちゃ。どうもお邪魔してしまって——」

「もうお帰りですか」

「友達が訪ねて来ることになってるんですの。戻っていませんと」

と、出まかせを言った。

「残念ですね」

珍しく、寺木は引きとめておきたい様子だった。弘子は、表に出ると、小走りに家へ戻った。

何か不安で、いたたまれない気持がしたのだった。なぜなのか分らなかったが。

そして、弘子は、肝心のアルバイトの話など、まるでして来なかったことに気が付いた。

5

土曜日になった。

朝から、弘子は妙な苛立《いらだ》ちに取りつかれていた。

引越しの疲れが出たのかもしれない。朝——といっても、十時過ぎに起き出して来たものの、何もする気がしないのである。ぼんやりとソファに座って、TVを見ていた。

「こんなことじゃ、だめだわ」

と、自分に言い聞かせて、少し外へ出てみよう、と思った。

スーパーに行って、大してほしくもないお菓子などを買い込んだ。

土曜日は休みの会社が多くなっているせいだろう。夫婦で買物に来ている姿が目についた。

それも弘子を苛立たせた。——私だけがどうして一人なんだろう、と思った。そんなのってないわ！

帰り道、まだ少し残った木立ちの間を通りかかると、何やら人だかりがしている。

「――どうしたんですか？」

見知った顔の主婦に声をかけてみた。

「何かね、子供が見付けたんですって」

「何を？」

「ほら――」

弘子が覗き込むと、制服の警官が、地面にビニール包みを広げていた。中には、女物の服やバッグ、靴などが土に汚れて入っている。

「埋めてあったんですって。何だか怖いわねえ」

「ええ……」

弘子は上の空で肯いた。――あの服、バッグ……。どこかでみたような気がする。

もっとも、今は同じような服やバッグが、いくらでもあるから、見たことがあっても不思議ではないが。

弘子は自宅へと歩き出した。

まさか、とは思ったが……。あの服やバッグは、確か寺木を訪ねて来たあの若い女性のものとよく似ていた。

だが、なぜ服やバッグだけが？　本人はどこへ行ったのだろうか？

弘子は、何となくゾクッと寒気がして、身震いした。

帰宅して、買って来た物をしまい込んでいると、チャイムが鳴った。

「まあ、相沢さん」

相沢周子が立っていた。居間へ通すと、周子はいつになく口が重い様子で、なかなか用件を切り出さなかった。

「――実は、ちょっとお話があってね」

と、しばらく雑談してから、周子が言った。

「何でしょうか」

「あなた、ときどきお隣へ行ってるようね」

「お隣？　寺木さんのことですか」

「そう」

「ときどきって……。まだ二度しかうかがってません。でも、どうしてそんなことを？」

「うん……。実はねえ……」

と言いにくそうに、「変に噂《うわさ》する人がいるのよ」

「噂ですか？」

「そう。あちらは男一人だし、あなたの所はご主人がよく出張でいなくなるし
――」

「待って下さい」

と、弘子は遮った。「それはどういう意味ですか？　まるで私と寺木さんが――」

「まあ落ち着いて。何も私がそう言ってるわけじゃないのよ」

弘子は必死で自分を抑えた。

「すみません……」

「まあ、不愉快なのはよく分るわ。私だって、あなたがそんなことするなんて、思いもしないもの」

「どうも……」

「でも、人の目ってうるさいものだから、あまり寺木さんのお宅へ上り込んだりはしない方がいいんじゃないかと思うわ」

弘子は何も答えなかった。――相沢周子は、

「じゃ、これで失礼するわ。お節介だと思うでしょうけど、気を悪くしないでね」

と言って、帰って行った。

弘子は、しばらくぼんやりとソファに座り込んでいた。

最初の腹立ちがおさまって、今は空《むな》しい気持がした。いちいち怒っても、どうにもならない。しかし、中傷というのは、根強く残るものだ。

それがもし夫の耳にでも入ったら、と思うと、弘子はゾッとした。

電話が鳴った。もう通じるようになっていたのだ。

「はい、今村です」

「やあ、奥さん。寺木です」

いつに変らぬ愛想のいい声だ。「我が家の花壇が完成しましてね。見に来ていただけませんか」

「あの――」

と言いかけて、弘子はためらった。「ちょっと――具合が悪くて――」

「それはいけませんね」

「また今度の機会に見せていただきますわ」

「大丈夫ですか？　何か必要なものでもあれば――」

「いえ、大したことはありませんの。どうぞご心配なく」

弘子は電話を切って、息を吐き出した。

一人ぼっちの夕食。――何を食べても、おいしくなかった。

TVをつけると、ニュースの時間だった。弘子も、ついニュースを見るくせがついていた。まさかとは思うが、それでも、〈団体客が事故〉などという字幕をみると、ギョッとする。

「――今日、N市の××団地で――」

アナウンサーの声に、顔を上げる。この団地ではないか。

TVの画面には、あの、見付かったビニール包みの中の服やバッグが映し出されている。

「調査の結果、先の日曜日以来行方が分らず、失踪《しっそう》届の出されていた、川崎竹代《かわさきたけよ》さんのものと判明しました。警察では竹代さんが殺されている可能性もあるとして

——」

弘子の手から、はしが落ちた。

ＴＶに出ている若い女性の写真。それは、寺木の家を訊いたあの女性に間違いなかった。

これはどういうことだろう？　帰り道を誰かに襲われたのだろうか？

しかし、それにしては、服や持物を別にして隠すというのは、ずいぶん手が込んでいる。当人は裸にされて……たぶん殺されているのだろう。

弘子は頭をかかえた。どうしたらいいのか？

相談する相手もいない。相沢周子には、どうにも話しにくかった。

同じような年齢の友人が、そばにいてくれたら、と弘子は思った。そうだ。あの若い夫婦のような。

弘子は思わず叫び声を上げるところだった。ＴＶで見た、身許不明の男女の死体。

想像で描かれた顔は、あの二人とよく似ていたのだ。

もし——もし、あの二人が殺されていたとしたら？

そして誰かが、何食わぬ顔で、この団地に住んでいるとしたら？

電話が鳴って、弘子は飛び上りそうになった。出てみると、知らない男の声だった。

「自治会の者ですが、印鑑を持って集会所へ来ていただけませんか」

「はあ……あの……」

「よろしいですね？　今すぐです」

「分りました」

弘子は電話を切ると、印鑑を手に、家を出た。寺木の家の方は見ないようにしていた。

寺木が！　――あれが殺人者なのだろうか？

寺木。確かにあの二人はそんな名前だった。弘子は、寺木の服が、何となく体に合っていなかったことを思い出した。

弘子はゾッとした。――確かにそうだ。

寺木と名乗っている、あの男。本物の寺木を訪ねて来たあの娘をも殺してしまったのに違いない。

戻ったら、すぐに一一〇番してやろう、と弘子は思った。

弘子は集会所のある建物に入って、スリッパにはきかえた。――他の人のサンダルや靴がない。

「私一人に用なのかしら？」

と呟いた。

集会所のドアを開けて、弘子は面食らった。明りがついているが、人っ子一人いない。

どうなってるんだろう？

奥に机があって、何か書類のようなものがのっている。入って行った弘子は、そこへ行って、書類を覗き込んだ。

何のことはない。広告のチラシだ。

弘子は、すっと顔から血の気がひくのを覚えた。あの電話の声！――寺木の作り声だったのかもしれない。

ニュースを見て、寺木の方も素早く行動を起こしたとしたら……。

突然、明りが消えて、弘子は短い悲鳴を上げた。ドアの所に人影があった。

「寺木さん……」

「やっぱり気が付きましたね」

寺木の声は優しかった。「あなたはいい人だ。殺したくなかった」

「あなたは……」

「森口です。しかし、一日でも長く、寺木でいたかった。――どうです？　電話の声には騙《だま》されたでしょ？　声色は得意なんです」

「人を呼びますよ！」

「どうぞ。怖がっている女は、そう大声を出せないものです。よく分ってるんですよ」

と寺木――森口が言った。「あの若い女もね。上ってもらって、ゆっくり殺した。昼間だったけど、悲鳴一つ上げられませんでしたよ」

「人殺し！」

「そうです。しかしこれは正当防衛ですからね。そうですとも。誰もが私を殺そうとしてるんです。私は生きのびるために戦っている……」

森口はゆっくりと近付いて来た。弘子は、まるで射すくめられたように、動けなかった。

「あれは失敗だった」

と、森口は首を振った。「服やバッグはもっと遠くへ捨てるべきでした。そうすれば、あなたもう少し生きていられたのに」

「やめて……」

「すぐにすみますよ」

「殺さないで……やめて……」

壁に背がついていた。近付いて来る森口の手にナイフが光って、ゆっくりと弘子の喉へとのびて来た。

「森口！　ナイフを捨てろ！」

と声が響いた。

弘子はとっさに頭を低くして横へ飛び出した。

銃声が集会所の空気を震わせた。

やっとの思いで顔を上げると、森口は足を押えて床で呻《うめ》いている。ナイフが床の上に投げ出されていた。

「大丈夫ですか、奥さん」

弘子は目を見張った。拳銃を手にしていたのは、相沢だった。

「私は刑事なんです。ご存知ありませんでしたか?」

弘子は、寺木の家の庭を眺めていた。花壇が掘り返されて、その下から、ビニールの布に包まれた大きなもの——あの若い女性の死体が引き出された。

団地の住人たちは、遠くから見物している。

「奥さん」

振り向くと、相沢周子だった。

「あ——。どうも、ご主人に命を救っていただいて」

「いいのよ。商売だもの。——ね、うちで一緒にお昼を食べない?」

「いいんですか?」

「もちろんよ。一人で食べてもおいしくないもの」

弘子は、

「そうですね」

と微笑んでから、寺木の家の方を振り返って付け加えた。「でも相手によっては、一人の方が気楽ですわ」

〈産婦人科〉

見知らぬ我が子

1

「先生にお目にかかりたいんですけど……」

その女が女の子の手を引いて訪ねて来たのは、午後、まだ陽の高い時間だった。

冬の、白く薄められた陽射しが、並木道に斜めに流れ込んでいた。

この時間、いつも彼はこの道を歩いている。

——もう何年来こうしているものか、彼自身もよく憶《おぼ》えていない。

もちろん、いつも、とはいっても、時にはこの郊外の静かな田園風景から、都心の雑踏の中に出て行かなくてはならないこともあるから、毎日決って、というわけにはいかない。

それに、いつも同じ時間に通るので、その散歩姿を見て人々が時計を直したといわれるカントほどには正確でもなく、時には三十分も早くなったり遅くなったりすることがある。

しかし、ちょっとした池を眺めるこぎれいな喫茶店の主人が、顔を見る度に、愛想よく頭を下げてくれる程度には、彼もここのなじみになっていた。

「先生、外は寒いでしょう」

彼が入って行くと、喫茶店の主人は声をかけて来た。

「そうだね」

たいてい、何を言われても、彼の返事はこれである。しかし、別に機嫌が悪いわけではなくて、大体が無口なのだ。

彼はいつも池を見渡すテーブルに座った。同じ席なので、主人の方も、彼の散歩の時間が近くなると、そこに他《ほか》の客は座らさないようにしてくれた。

何も言わなくても、熱いココアが出て来る。

——これが彼には嬉しいところである。

彼は、ココアが少し冷めるのを待ちながら、灰色の池を眺めていた。北風が時々木の枝を騒がせる。

しばらく座っていると、体も温まって来た。——飲みごろになったココアをゆっくりとする。

彼の名は三宅文雄《みやけふみお》といった。作家である。

そろそろ五十に手の届く年齢で、作家としてはそう高齢でもないが、書き始めたのが、やっと三十になった頃だから、もう二十年近く、作家生活を続けていることになる。

そう注目を浴びることもないが、小説好きの間には、根強いファンを持っていて、書くペースも、本の売れ行きも安定していた。

「雪でも降るかもしれませんね、近々」

と、店の主人が言った。

他に客もなし。暇なのである。

「そうだね」

と三宅文雄は言ったが、それきり話は展開しなかった。

三宅は、昔から「若年寄」というあだ名をもらっていた。学生の頃からである。

物静かで、激することもなく、動作はのんびりとしている。性格的にも、人と争うことが嫌いで、自分の世界に閉じこもりがちなタイプだった。

勤めも経験したが、自分が生きられる世界ではない、とすぐに悟った。だから、三十そこそこで職業作家になったことは、三宅にとって、幸運だったたし、彼の勤めていた会社にとっても幸運だった。

彼は何十年勤めても、優秀なサラリーマンになれる人間ではなかったからだ。窓際族の一人になるか、ノイローゼになっていたに違いない。

だから、彼はある意味では根っからの作家だった。あまり趣味もない。ゴルフとか、テニスとか、色々と誘ってくれる友人や編集者もいるが、あまり気乗りがしなかった。

いくら「年寄りじみている」と言われようが、この静かな暮しが、彼にはぴったりなのである。

三宅は独り暮しだった。家のことは、若いお手伝いの女の子がやってくれている。

結婚したくなかったわけではない。二十五、六のとき、結婚寸前まで行ったことがあったのだが、事情があって取りやめとなり、その後は一向にその気にもなれなかったのである。

大体が女性をうまく扱うことのできる人間ではないし、そういうことにまめなタイプでもない。

女嫌いではないのだが――編集者や作家仲間では、彼は同性の方を好むのだという風評もあった――そのためにあれこれと面倒なことが起こるのがいやなのである。

今のところ、独り暮しに不便も感じていないし、このままで、満足だった。

妻や子供ができれば、それだけ心配の種もふえる。

電話が鳴っていた。主人が出て、

「――はあ、おいでになりますよ」

と返事をしている。

三宅は顔を向けた。店には彼以外、客はいなかったのだ。

「先生、お宅からです」

やっぱりか。何事だろう？

手伝いの娘、吉子《よしこ》は――姓の方は一向に憶えられない――しっかり者で、どんなしつこいセールスや押し売りでも、ちゃんと撃退してしまう。

こんな風に電話して来るというのは、よっぽどのことだろう。

何か締切りでも忘れていたかな、と考えつつ電話を取った。

「僕だ」

「先生、すみません、電話なんかして」

「いや、構わないよ。何だい？」

「実は――」

と、ためらってから、吉子が言った。「お客様が」

「誰だろう？　約束してあったかな」

「いいえ、そうじゃないようです」

「出版社の人？」

「違うんです。女の人です」

「女？」

「ええ。子供を連れて……」

「何の用なのかな」

「それが――」

と吉子のため息が伝わって来る。「先生の奥さんだって言ってるんですけど……」

「お久しぶりです」

その女はソファから立ち上がると、ていねいに頭を下げた。

「どうも……」

三宅は、何とも言いようがなく、口の中でボソボソと呟《つぶや》くと、ソファに座った。

女が顔を上げる。——見憶えのない顔である。
三十五、六というところか。色白で、特別美人というわけではないが、まずまずの顔立ちをしている。
印象的なのは目だった。

子供のような目だ、と三宅は思った。

子供、といえば、女のわきに、七、八歳の女の子が、チョコンと座っている。なかなか可愛《かわい》い。——もともと一人っ子で、子供の扱いに慣れていない三宅だが、子供は嫌いでない。

母親も、子供も、こぎれいな格好をしていた。

「ええと……」

彼は当惑気味に言った。「あなたの話では——その女の子が、僕の子だと言うんですね？」

「ええ」

女は肯《うなず》いた。

それ以上何も言わない。──それがどうも妙に見えた。

三宅も、同業者の話に、時々こうした女に押しかけられて閉口した話を聞いていたが、我が身に起こるとは思わなかった。

しかし、そういう意図──つまり、金を取ろうとか、そんなことを考えているのなら、もっとあれこれまくし立てるのではないか、という気もした。

もしかすると、ちょっとおかしくて、自分でもそう信じているのかもしれない。

「しかしねえ……」

彼は言葉を選びながら、「残念ながら、僕には何の心当りもないんですよ」

「でも本当なんです」

女は別にヒステリックになるでもなく、言った。

「そう言われてもねえ」

彼が考え込んでいると、ドアが開いて、吉子が入って来た。

ムッとした表情で女の方をにらみつけている。

「先生、お電話です」

「ああ、そう」

彼は立ち上って居間を出た。

「――先生」

と吉子は声を低くして、「警察へ知らせましょうか？　ああいう人の話をいちいち聞いてたら大変ですよ」

どうやら、電話は、呼び出す口実だったらしい。

「いや、まあ待ちなさい」

と彼はなだめた。

「でも――先生、覚えがあるんですか？」

「いや、ないよ」

と、彼は目を見開いて、首を振った。

「だったら――」

「うん、それは分るけどね、しかし、もう少し話を聞こう。誰かが僕の名をかたったのかもしれない。それだったら、すぐ警察というのも気の毒じゃないか」

吉子は不満そうだったが、何も言わなかった……。

居間に戻ると、彼は咳払《せきばら》いをして、言った。

「ええと……こうしていても、どうにもなりませんね。何かこの……」

証拠になるようなもの、と言いかけて、彼はためらった。いかにも相手を疑ってかかっているような気がしたのである。

いや、実際、まるで心当りはないのだから、疑ってかかって当然なのだが、そこが三宅の人の好さ――気の弱さでもあって、ガン、と強く出ることができないのだ。

「そうそう。名前も聞いてませんでしたね」

と、彼は言った。

「厚子《あつこ》といいます」

女は名の方だけを言った。「この子は裕子《ゆうこ》です」

「ママ」

と、その女の子が低い声で言った。

「お腹《なか》空いたよ」

「待っていなさい」

と女がたしなめる。

「食事をしてないのかな」

「いえ、駅の近くで、軽く食べては来ましたから」

「待ってて下さい」

居間を出ると、すぐ前に、用心棒よろしく吉子が立っている。

「──ああ、何か、うどんでも取ってやってくれよ」

「そんな……」

吉子は顔を真っ赤にして、「親切にしてやれば、つけ上るだけですよ」

「子供に罪はないよ。お腹を空かしてちゃ可哀《かわい》そうだ」

「分りました」

と、ふくれっつらで、「先生も食べますか?」

「良かったらお願いしたいね」

「私もいただきます!」

と、吉子は八つ当り気味に言って電話の方へ歩いて行った。

2

「今日は休館ですよ」

出て来た守衛らしい年寄りが、けげんな顔で言った。

「分ってるんだが、ちょっと中を見せてもらえないかね」

「はあ？」

相手が妙な顔をするのも当然である。閉っている劇場へ入りたがる人間など、いるわけもない。

「ちょっと中を見てみたいんだよ」

守衛の老人は、三宅のことを値踏みするように見て、少し迷ってから、

「まあいいでしょう」

と肩をすくめた。

「すまないね」

と、彼は、老人に札を握らせた。

「どうも……。今日はどうせ掃除に来る日なんで、今から中の照明を点《つ》けようと思ってたんですよ」

「ロビーにちょっと座らせてくれれば、それでいい。——さあ、入ろう」

と、彼は、少し離れて立っていた、厚子と裕子の親子を呼んだ。

ロビーは、ガランとして、人の姿はもちろんない。明りが点いて、それだけにいっそう華やかさが強調されているように、彼には思えた。

「ここで会ったと言うんだね」

と、彼は足を止めて言った。

「ええ、そうです」

と、厚子という女は言った。「よく憶えていますわ。ここで、あなたにお会いした夜のことは……」

三宅は、何とも言いようがなく、黙っていた。

もちろん、そんな記憶はないし、この劇場にしたところで、今までに二、三度足を運んだに過ぎないのだ。

「——もう八年前のことになりますわ」

と厚子は言った。

まるで、その日の自分に戻ろうとしているかのように、ロビーの真中に立って、ゆっくりと中を見回す。

「あなたはその辺りに座ってらして……」

と、ソファの一つを指さした。

三宅は少し離れたソファに腰をかけた。

「私、以前から、ご本で先生のお顔は存じてました。でも、そこに本当の顔を見かけるなんて、思いもしなかったので、しばらくは声もかけませんでした。——ロビーは人で混み合っていて、私、人いきれで気持悪くなりそうでした」

三宅は、女の話の通りの場面を思い浮かべてみた。もちろん、よくある光景には違いない。

「そのとき、あなたの隣の人が立ち上って、場所が空いたんです」

厚子は、そのソファの方へ歩み寄って行った。

三宅は、女の子はどうしたろう、と振り向いた。——裕子という女の子は、ソファの間を駆け回って、遊んでいる。

「――私はここに座りました」

と厚子は、ソファに腰をおろした。

「あなたは、私の顔を覗《のぞ》き込むようにして、『気分でも悪いの？』と、おっしゃいました……」

女の話が本当のことだとしても、その男が自分であるはずがない、と三宅は思った。

ともかく、若い女性――八年前なら、まだこの女も二十七、八だったはずだ――に、そんな風に、声をかけたりするはずが、ないのだ。

「私は、すっかりのぼせてしまって、何を話したのか、よく憶えていません。でも、ともかく、あなたが、ここでのお芝居のことを、色々と話して下さったんです」

芝居を見るには見るが、人に話して聞かせるほど詳しくはない。

「――その後、『終った後で食事でも一緒にしないか？』と、誘って下さったんです」

「僕が君を食事にね」

「そうです」

彼はちょっと息をついて、

「いや――君の話に臨場感はあるね、確かに」

と言った。

「嘘《うそ》をついてるんじゃありませんわ」

「だとしても、僕は君を食事に誘ったりしないよ」

「でも――」

「僕は一人で食事をするのが好きなんだ。若い女性なんかと一緒だったら、食べた気がしないだろうね」

彼は微笑《ほほえ》んだ。

「私のことを馬鹿にしてらっしゃるんですね?」

女の顔は少しこわばった。

「そうじゃない。正直なところを言ってるのさ」

「あなたは、その晩、私を食事に連れて行って下さったんです」

「どこへ行ったか憶えているかね?」

「ええ、あなたのお気に入りの店だということでしたわ」

厚子が、フランス料理の店の名をあげた。三宅は、

「なるほど」

と言った。

そこは確かに、彼のよく行く店の一つである。

彼は食通ではなかった。

少なくとも、旨《うま》い所があると聞いて、わざわざ出向いて行くような、食通ではなかった。

時々、都心の方へ出て来て、立ち寄るのは、何軒か決った店があった方がいい。

——その程度の気持であった。

「——ご存知の店でしょう？」

と女は言った。

「うん、よく知ってる」

彼が肯くと、厚子は、ホッとしたように微笑んだ。

自分の言葉が、それで立証されたと言いたげであった。

「——どうかな」

と、彼は言った。「せっかくここまで出て来たんだ。その店で食事をしてから、帰ろうか」

厚子は、ちょっと探るように彼の顔を見てから、

「ええ」

と肯いた。「——裕子」

振り向くと、裕子は、いつの間にかソファの上に長々と寝そべって、眠り込んでしまっていた。

「いやだわ。——裕子ったら」

「寝かしておくといい。疲れたんだよ、きっと」

三宅はそう言って、子供のあどけない寝顔に見入った。

ふと、自分にも、こんな子供がいれば、と思った。

この単調な毎日も少しは違うのかもしれない。——単調で、しかし、平和な毎日が……。

厚子は裕子の傍《そば》に座った。

「——君はどうして、今頃になって僕のところへ来たの?」

と三宅は訊《き》いた。「妊娠したと分ったら、すぐに来るべきじゃないか」

「でも——そんなこと、大それたことで、許されない、と思ったんです」

「どうして？」

「どうせ、あなたにとって私は一度の遊び相手ですもの。——私も子供じゃなかったし、こうなることは承知で、あなたに抱かれたのですから、そのことで、あなたを責めるような、そんなこと、したくなかったんです」

「しかし、子供を一人生んで育てるというのは、大変なことじゃなかったのかね？」

「ええ……。その頃、両親が相次いで亡くなっていて、私、家に一人で残ったんです。それが却《かえ》って良かったんですの」

「良かった？」

「はい」

「どうして？」

「多少、お金も残してくれましたし、怒られもしなかったし……」

「ああ、なるほどね」

「この子を産んで、しばらくはそれで生活していけましたもの」

「それからどうしたんだね」

「勤めに出ました。でも――体が弱いものですから、あまり長続きせず、いくつか仕事を変りました」

「その間、この子は？」

「保育園に預けていました」

「そうか。――で、今になって、どうして……」

「小学校へ入って、やはり何かと子供には辛《つら》いことがあるんです。戸籍の上でも、父親が死んでいるとか、そんなことならば、ともかく――」

「それで、僕のところへ来る気になったんだね？」

「はい」

――作り話にしても、あまりにありふれていて、およそ知能犯とは思えない。それは、逆に三宅の興味を珍しくそそった。

裕子が身動きして、目を開いた。

「ママ……」

「寝ちゃったのね」

「どこ、ここ？」

と、けげんな顔で、見回した。

子供というのは可愛いものだ。三宅は、ごく自然に笑顔になっていた。

「さあ、それじゃ、ぶらぶら歩きながら、その店に行ってみようか」

と、三宅は立ち上って言った。


「珍しいですね、先生」

シェフが、嬉しそうな顔でテーブルの方へやって来た。

いかにも料理人という顔で、つやがあり、丸々としている。

「あまりこっちへ来ないものだからね」

と、三宅は言った。

「こちらは……」

と、不思議そうに、厚子と娘を眺める。

「うん、ちょっとした知り合いなんだ」

「そうですか、いつの間にこんな大きなお子さんがいたのかと思いましたよ」

と、シェフは笑って言った。

「少し早過ぎたね」

「いいえ、構いませんよ。却って空《す》いていていいでしょう」

「本当だ。——メニューは任せるよ」

「かしこまりました。鹿のいいのが入っておりますから。——そちらのお嬢ちゃんには、ハンバーグでもお作りしましょうか」

「そうしてくれるかい？」

「結構ですとも。——少々お待ちを」

三宅は、オレンジジュースをせっせと飲んでいる裕子を眺めていた。

「君に似てるね」

「そうでしょうか」

「目のあたりがそっくりだな。大きな目をしてる」

と、彼は微笑みながら言った。

「私は、あなたに似てると思っていましたけど」

「そうかな」

――この女が、この店のことを知っていたわけは、見当がついた。

ある雑誌に、この店を推薦する文を書いたことがあるのだ。

彼女はそれを読んでいたのに違いない。――半年くらい前になるだろうか。

しかし、彼女が知らないことがあった。

この店は、出来てから、まだ三年ぐらいしかたっていないのである。

「――おいしいかい？」

と、彼は、裕子へ訊いた。

「うん」

裕子は、まるで、この世にこんなおいしいものがあったのかとでもいうような勢いで、ハンバーグを食べていた。

「学校は楽しい？」

「嫌い」

「どうして？」

「あんまり行かないの」

行かせていないのだろうか。彼は柔らかい鹿肉をゆっくりと口へ運びながら、この母と娘を眺めた。

――嘘であるのを証明するのは、いとも易しいことだ。

しかし、その嘘が、いとも不器用なだけ、三宅は奇妙な憐《あわ》れみを覚えた。けんめいに嘘を押し通そうとしている女に、正面切って嘘だと言ってしまうのは、残酷なような、そんな気がした。

こうして食事をさせてやり、少しお金を渡して帰らせよう、と三宅は思った。

「――やあ、三宅さんじゃないか」

声をかけられて振り向くと、同業の作家の顔があった。

「どうも、ごぶさたして……」

「いや、こっちもですよ。珍しいですな」

「すっかり出不精になりましてね」

「たまにはバーにもいらっしゃい」

「そうですね」

と三宅は照れたように言った。

ふと、その作家が、厚子と裕子の方を見た。厚子が青ざめるのが分った。三宅は、急いで言った。

「またその内に――」

「ええ。ぜひ……」

その作家は上の空だった。厚子の顔をじっと見つめている。

「じゃ、失礼」

その作家が、少し離れたテーブルにつく。――厚子は、ナイフとフォークを置いた。

「――食べないのかい？」

「ええ……」

三宅は、裕子が、ハンバーグをきれいに食べてしまうのを見ていた。

「――出る？」

「ええ……」

「じゃ、行こう」

三宅は立ち上った。

厚子たちを先に出して、支払いをしていると、さっきの作家がやって来た。

「三宅さん、あの女は？」

「いや、ちょっとした知り合いで……」

「僕の所へ、あなたの子ですといって押しかけて来たことがあるんですよ。間違いない。気を付けた方がいいですよ」

「そうしましょう」

「そっちへも同じ話を？」

「ええ」

「呆《あき》れたもんだ。少しあの手の女は、きびしくガンとやってやる必要がありますよ」

「そうですね。——じゃ、失礼」

三宅が店を出ると、もう厚子と裕子の姿は、どこにもなかった。

3

「——先生のお帰りが遅いんで、よっぽど一一〇番しようかと思いました」

と、吉子が言った。

「女と子供じゃないか」

と三宅は笑った。

「だって先生はお人好しなんですもの」

「いくらお人好しでも、女房子供をそう簡単に引き受けられないよ」

「お風呂が沸いてますけど」

「ありがとう。――もう寝てくれても構わないよ」

「はい。部屋にいますけど、まだ起きていますから、何かご用があれば呼んで下さい」

「分った」

三宅が居間で新聞を広げる。行きかけた吉子が足を止めて、

「――先生」

「うん?」

「あの人と、どこへ行ってたんですか?」

「どこへ? ――食事をおごってやっただけさ。お金を払って出てみると、姿が消えてたってわけだ」

「そうですか。それなら……」

「何だね？」

「いいえ、別に」

吉子はさっさと行ってしまった。

つまり、彼女の言いたいことは、あの女といかがわしい所へでも行って来たのじゃないか、ということなのだ。

三宅は、ついおかしくなって、笑ってしまった。


次の日、三宅はいつも通り、十一時頃起きて来た。

「おはようございます」

と、吉子がいやにめかしこんで立っている。

「そうか。今日は休みだったね。いや、すまん。気が付かなかった」

「いいえ、いいんです。朝の支度、テーブルに出ています。夕ご飯は――」

「外で適当に食べるよ」

「すみません」

ピョコンと頭を下げて、「じゃ、行って来ます」

「気を付けて。ゆっくりしといで」

「先生こそ。——あの女がまた来ても、中に入れちゃいけませんよ」

「ああ、分った」

「一一〇番するんですよ。いいですか?」

「はいはい。——怖いね」

「先生は底抜けのお人好しなんですもの、心配ですよ」

と吉子は言って、ちょっと笑った。

「——それじゃ、出かけて来ます」

「行っといで」

吉子が出かけて、玄関の鍵《かぎ》をかけると、三宅は、ダイニングキッチンへ入って行った。

ちゃんと朝食の支度ができている。

コーヒーも、冷めないように、熱いプレートの上にのっていた。

吉子がいなかったら、三宅は困ってしまうだろう。

しかし、その内には吉子も結婚してやめて行く。あんないい娘の代りが、見付かるだろうか?

「まだ心配するのは早いな」

と三宅は苦笑した。

何しろ呑気《のんき》なくせに、心配性の一面もあるのだ。

コーヒーをすすりながら、新聞をめくった。

いきなり、その見出しが飛び込んで来た。

〈作家、刺される〉

——昨日、あのレストランで会った作家である。

「何てことだ……」

記事に目を走らせて、三宅はもう一度驚いた。あの店を出たところで、刺されているのだ。

時間は、たぶん彼の出た一時間ほど後である。——いきなり背後から刺されて、犯人の顔は見なかったという。

幸い傷は急所をそれて、一か月の重傷ということだが、命には別状ないということだった。

「まさか……」

と、三宅は呟いた。

あの厚子という女が……。自分の顔を知っているあの作家を、しゃべられては困ると思って刺したのではないか?

三宅は考え込んだ。

あの女が、顔を見られて姿をくらましたのは確かである。その直後に、あの作家が刺されている。

偶然にしては、出来過ぎている。

「——困ったな」

と三宅は呟いた。

どうすればいいだろう? ——警察へ連絡すべきか。吉子なら、自分でダイヤルを回しているに違いない。

しかし、これも単なる推測で、証拠はない。三宅は、あの子供のことを考えると、いい加減なことはしたくない、という気がした。

電話が鳴っていた。――しばらくして、吉子がいないことを思い出し、急いで駆け付けた。

「――三宅です」

「あの……」

女の声だ。

「君は――」

「昨日はすみませんでした……」

三宅は、迷った。――どうすべきだろうか？　このまま切ってしまえば、一番簡単なのだが。

「今日、お会いできませんか」

と厚子は言った。

「しかしね……」

「お願いです」

三宅は、しばらく考え込んだ。厄介なことには関《かか》わりたくない。

しかし、放っておいてもいいものか。――あの作家が刺されたのが、もし自分のせいだったら……。

「ゆうべはすみませんでした」

暖かい陽射しが、肩に感じられた。

近くの公園で、三宅は厚子と歩いていた。裕子は二人の前を、走ったり歩いたり、気ままに遊んでいる。

「あの子が、急にお腹が痛いと言い出して。——あんなに夢中になって食べたからですわ、きっと」

と厚子は笑った。

「——昨日、あの店で会った友達を憶えてるかい」

と三宅が言うと、厚子の笑いは、かき消すようになくなった。

「作家の方なんですか」

「うん。——あの後で、刺された」

厚子は戸惑ったように、

「刺された？」

と訊き返した。

「うん。店を出たところを刺されたんだ」

「まあ」

そう言ったきり、厚子は何も言わなかった。三宅は間を置いて、言った。

「彼は僕に耳打ちしてくれたよ。君のことを知っている、と」

厚子は顔を伏せた。

「――あの男の所にも行ったそうだね」

「何かの間違いです」

「そうかな」

「ええ」

三宅は、女のかたくなな言い方にも、もう笑えなかった。――もう遊びではなかった。

「どうなんだ」

「え？」

「君が刺したのか。――口をふさぐために」

厚子はピタリと足を止めた。

厚子と三宅の目が合った。彼女の目は、涙で光っていた。

「私は――私は――」

声が震えた。

三宅はあわてた。女に泣かれるのは困る。

「いや、分った。取り消すよ」

とあわてて言った。

厚子はいきなり駆け出すと、裕子の手を引いて、足早に行ってしまった。

裕子がついていけずに転びそうになる。

三宅は、止めることもできず、二人の姿が見えなくなるのを、ぼんやりと、見送っていた……。

4

夜になって、三宅は家を出た。

夕食は外で取らなくてはならない。吉子も九時頃には帰るだろうが。

どこへ行こうか？　――たいていは、近くの店で済ませていた。

ふと、思い付いて、彼は大通りへと足を向けた。タクシーを待って拾い、昨日のあのレストランへ向った。

彼にしては珍しいことである。食事だけのために、車で一時間もかかる都心まで出て行くことなど、普段なら考えもしない。

店の前でタクシーを降りてみると、店は閉っていた。

「そうか――」

当然だ。何しろ前で傷害事件があったのだから。

「やれやれ……」

三宅は肩をすくめた。――わざわざ出てくればこの有様だ。どこか抜けているのである。

さて、どこへ行こうか、と考えていると、厚子と裕子がやって来るのが目に入った。

「――君も来たのか」

三宅を見て、厚子は足を止めた。

「昨日のお代がいくらだったのか、聞こうと思って」

「どうして？」

「私たちの分をお返ししようと……」

「そんなことはいいんだ」

「でも――」

「それにどうせ、今日は閉めてるよ」

厚子は息を吐き出して、

「私じゃありません」

と言った。

「分った」

「嘘だと思ってらっしゃるんでしょう」

女が、初めて口にする、恨みがましい言葉である。

「僕には分らないよ」

「どうして？」

「人の嘘を見抜く力はない」

「作家なんでしょう」

「作家だから、そんな能力があると思うのかい？」

三宅はやっと笑って言った。「——さあ、僕もどうせ夕食を食べるんだ。どこかへ行こう」


中華料理の店で、三人はのんびりと食事をした。

「——お友達のケガ、軽くて良かったですわね」

と、厚子が言った。

「別に友達ってわけじゃない。ただの顔見知りさ」

「そうですか」

「女関係も派手な男だからね。恨まれても、相手が誰だか分らないんじゃないかな」

三宅は、少し間を置いて言った。「——あの後はどこへ行ったんだい？」

「え？」

「あのレストランから、さ。――八年前の晩だよ」

「ああ……。ホテルです」

「僕が誘って?」

「はい」

「いわゆる――その手のホテルかね」

「ええ、そのようでした」

三宅は、そんなホテルに足を踏み入れたこともない。

「――眠いよ」

と、裕子が言った。

「もう寝る時間なのかな」

「お腹が一杯になったからだと思います。――もうちょっと我慢しなさい」

しかし、裕子は椅子に体を沈めて、スヤスヤと眠り込んでしまった。

「困ったわ……」

と、厚子は苦笑した。

「いいじゃないか。子供はどこででも眠れるんだ」

「でも……」

「君は今、どこに住んでるの？」

「アパートです。──ちょっと遠いんですけど」

「送って行こうか」

「いいえ」

と、厚子は、あわてたように首を振った。

「そんな──結構です」

大方、小さな、古いアパートなのだろう、と三宅は思った。だから、連れて行きたくないのだ。

どこでどうして、この子を産んだのか、三宅には知るすべもないが、ともかく、貧しい暮しをしていて、作家の優雅な暮しぶりを伝えるグラビアなどを見れば、少しぐらいのお金をもらってもいいじゃないか、という気になるのかもしれない。

そんな気持は、分らないでもなかった。

「──君はどこか悪いの？」

と三宅は訊いた。

「あの……ちょっと胸を……」

「働いても大丈夫なのかい?」

「無理しなければ、平気です」

「何か働き口でも捜してあげようか」

厚子は驚いたように三宅を見た。

「いや、君にしてみれば不満かもしれないね。僕は本当なら君たちを引き取る義務があるらしいから。――しかし、現実に、それは不可能だ。お金で解決をつけてもいいが、君たちが一生食べて行くほどの額はとても出せない」

厚子は顔を伏せた。

「当座、暮せるぐらいのお金は出してあげてもいい。でも、その先はどうなる?――やはり、ちゃんとした勤め先を見つけなきゃいけない」

「でも……」

「僕に何か要求したいことがあれば、言ってくれ。できることなら、力になるよ」

厚子は、涙にくもった日で、三宅を見た。

「――ここを出ましょう」

と言った。

「分った。——子供は僕が抱いてやろうか」

「でも——」

「大丈夫だよ。落としやしない」

三宅は、眠っている裕子をかかえ上げた。

外へ出て、二人は夜の道を歩いた。——道の向うを、列車が駆け抜けて行く。

「——どうしてですか」

と、厚子がポツンと言った。

「何が？」

「どうして警察へ突き出さないんですか」

三宅は肩をすくめた。

「そうしてほしいのかい？」

「いいえ」

「こんな子供がいるのに……。そんなことはできないよ」

厚子は、深々とため息をついた。

「私が嘘をついていることは、ご存知なんでしょう」

「うん。——僕は女と遊び歩くタイプじゃないからね」

「それなのに……」

「しかし、一緒に食事したりするのは、なかなか楽しかったよ。ずっと、一人で食べるのが習慣だったからね。——相手がかわると味もよくなる」

「こんな女でも、ですか……」

「君は君なりに一生懸命やってるじゃないか、違うかい？」

厚子は泣き出した。

「おい、泣くのはやめてくれ。——弱いんだよ」

と、三宅は困って言った。

「すみません」

「ねえ、良かったら、本当に仕事を世話してあげてもいいんだよ」

「ええ……」

厚子は急に足を止めた。

「どうした？」

厚子が、突然、三宅の手から、裕子を引ったくるようにして、奪い取ると、抱きかかえて走り出した。

「おい、どうしたんだ！」

と声をかけたが、厚子は走るのをやめなかった。

たちまち姿が見えなくなる。――三宅は肩をすくめた。

「勝手にしてくれ」

と呟いて歩き出す。

列車が近付いて来る音がした。――中央線かな。松本の方へ行く列車だろう。

三宅は足を止めた。

「まさかあの二人――」

と呟いて、それから、走り出した。

列車が、光をまき散らしながら、駆け抜けて行く。――その傍《そば》に、厚子が裕子を抱いて立っていた。

列車が行ってしまうと、三宅は近付いて行った。

「――どうするつもりだったんだ」

「飛び込もうと思って……」

厚子は泣いていた。「でも──入れないんですもの」

「そりゃ、柵《さく》ぐらいあるさ」

三宅が笑った。──厚子も、泣き笑いの顔になった。裕子は、こんな騒ぎにも、平気で眠っていた……。


「──ただいま」

玄関を入ると、一秒としない内に、吉子が飛び出して来た。

「先生！」

「何だよ、怖い顔して」

「今何時だと思ってるんですか！」

「午前二時ぐらいかな。先に休んでればいいのに」

「冗談じゃありませんわ。もう、こっちはどうしたのかと気が気じゃなくて……」

「たまには夜遊びぐらいするさ。──悪かったね、心配かけて」

「いいえ」

と言って、吉子は三宅をにらんだ。「でも、この次は入れてあげませんよ！」

――三宅は、居間へ入って、寛《くつろ》いだ。

「そういえば、さっきニュースで――」

と、吉子がお茶を運んで来た。

「どうした？」

「あの何とかいう刺された作家の方」

「ああ。何だって？」

「犯人が捕まったそうですよ。元の愛人ですって」

「そんなことだと思ったよ」

「先生も気を付けて下さいな」

「おいおい……」

と三宅は苦笑した。

「あの女、もう来ないでしょうね」

「ああ、きっと来ないよ」

と三宅は言った。

あの後、三宅は、八年前に一緒に行ったことになっているホテルへと行った。

何年ぶり――いや何十年ぶりかで、女の肌に触れたのだった。

裕子をソファで寝かせておいて、三宅は厚子を抱いた。――これきりの愛だと、お互いに承知していた。

そして、ホテルを出て、二人をタクシーに乗せてやった。

持っていた金だけは渡した。――厚子は涙ぐみながら、走り出したタクシーの中で頭を下げた。

裕子も目を覚まして、手を振っていた……。

あの女、また、どこかの作家の所へ行っては、くり返すのだろうか。

「あなたの子です」

と……。

――暑くなりかけたある日、いつもの喫茶店の、池を見渡す席に、三宅は座っていた。

散歩も、暑いときは辛くなる。少し時間をずらそうか、と考えていた。

「いらっしゃいませ」

主人の声に、店の入口の方を見た。

親子連れ――母親と子供だ。三宅は目を見張った。

「ここだったのね。やっぱり」

厚子である。――裕子がピョコンと頭を下げた。

「君……どうしてここへ？」

と、三宅は訊いた。

「――もういいかな、と思って」

と厚子はニッコリ笑った。

厚子のお腹は、もう七、八か月になっていた。

「今度こそ、あなたの子よ。――やっと妊娠できたわ！」

厚子は、いかにも愉《たの》しげに言った。

〈放射線科〉

残された日々

1

伊坂清子《いさかきよこ》は、玄関に誰か来ていることに、一向に気付かなかった。

いや、気が付いていたのに、体の方が動こうとしなかったのだ。といって、清子はまだ四十五歳になったばかりで、ごく普通に——というより、むしろ人並み以上にまめに動く方である。

だが、今日ばかりは、そうできない事情があったのだ。それでも、清子は、自分自身に鞭打《むちう》っているような気持で、腰を上げた。

玄関では、入って来たものの、返事がないので、どうしたものかと一人の男が迷っていた。

「まあ、お兄さん」

清子は、驚いて言った。「いつ大阪から?」

「昨日だ」

国枝健児《くにえだけんじ》は、そう言って、「上っていいかい?」

と訊《き》いた。

「ええ、もちろんよ。――どうぞ」

「伊坂君は？」

と居間へ入りながら、国枝が訊く。

「主人は買物に出てるわ。スリッパとか、お茶を入れておくポットとか……。もっと前に用意しておくんだったのに、何だか、そんな気にもなれなくて……。コーヒーでも淹《い》れましょうか」

「いや、構わんでくれ」

「いいのよ。何かやっていたときの方が気が紛れるの」

「そうか。――じゃ、頼む。何時に出るんだ？」

「お昼ごろね。昼食は三人で取ろうと思ってるの。よかったら、お兄さんもどう？」

「いや、俺が入らない方がいい」

「そう……。じゃ、悪いけど、遠慮してもらおうかしら」

清子がコーヒーを淹れて、運んで来る。

「ああ、もちろんそうするよ」

国枝は、コーヒーをゆっくりとすすった。しばらく、二人は黙り込んでいた。

「それで……どうなんだ、美奈《みな》ちゃんの様子は」

と国枝が言った。

「ええ……。ほんの二、三週間の入院だと当人には言ってあるの。そう思い込んでるようよ」

「そうか。——何とかならんのか」

清子は首を振った。

「そうだな。すまん。——何とかできるものなら、やっているはずだからな」

「お金をかけて何とかなるということなら、この家も何もかも売り払って、お金を作りますよ。でも……いくらお金を積んだって、どうにもならない、って……」

清子の声は、小さくなって消えた。

「全く、何てことだ！　あんなにいい子が、まだやっと十六なのに……」

国枝が怒ったように言った。

「お兄さん、大きな声を出すと——」

「ああ、すまん」

清子は、肩を落としながら、

「――本当に、代ってやれるものなら。――私はもう四十年以上も生きて来たし、色々楽しい思いもして来たのに、美奈はまだ十六で……」

清子は言葉を切った。それ以上言うと泣いてしまいそうだったのだ。

「だめね……。泣き顔なんか見せたら、あの子が気付くんじゃないかと思って、できるだけ明るくしていようと思ってるのに……」

「無理もないよ」

と国枝は言った。「それが当然だ」

清子は一つ息をついて、

「すみませんね、主人ももうすぐ戻ると思うけど」

「うん。――俺も仕事先に回らなきゃいかんので、そう長居はしないよ」

国枝は立ち上って、「じゃ、ちょっと寄ったから、と言って、美奈ちゃんに会って行くかな」

「ええ。きっと喜ぶわ」

と、清子は言った。「お兄さんが大阪へ越したときは、本当に寂しそうにしてたものね」

「四年前だ。まだ十二歳だったんだなあ、美奈ちゃんは」

国枝は居間を出て、

「部屋は分るよ。同じだろ？」

「そんなにいくつもないわよ、うちは」

と、清子は、やっと笑顔を見せた。

清子は、国枝の飲んだコーヒーカップを流しに運んで、洗った。

別に、今洗う必要もないのだが、何かやっていないと、つい美奈のこと――その短い命のことを考えてしまうのだった。

正に、この三か月が悪夢の中の日々であった。

「せいぜい、もって三か月」

医師の言葉は、今でも、テープのプレイバックのように、くり返し、清子の耳の中に鳴っている。

それを聞いた瞬間は、何も感じなかった。――一体何の話をしてるのかしら、この先生は？

それは誰のことなんですか？

清子は、本当に、そう訊いてしまいそうになった。

それを遮ったのは、一枚のレントゲン写真だった……。

あれ以来、清子は何度同じ夢を見たことだろう。

電話が鳴る。受話器を取ると、あの医師が、照れくさそうな口調で言うのである。

「実は、レントゲン写真を、他《ほか》の患者のと間違えてしまいましてね。——お嬢さんは全く異状なしです。本当に、こちらの手違いで、申し訳ありません……」

電話を切って、清子は、美奈と、夫と、大笑いするのだ。

その医師の言葉の一つ一つ、口調から、アクセントまで、もう何度も聞いて、清子は憶《おぼ》え込んでいた。

時には、本当に電話があったかのように錯覚することもあった。

しかし、冷静になってみると、事態は何一つ変っていないのである。

病院も、そんな馬鹿げた間違いはしないに決っているし、美奈の容態からして、入院して、あらゆる治療を試みても、三か月先の死を、せいぜい一か月かそこら、先にのばすだけでしかないことも、厳然たる事実なのだ。

三か月。——美奈に残されたわずかな日々である。

「おい」

振り向くと、国枝が立っていた。

「どうしたの？　美奈は？」

「いない」

清子は、ちょっと戸惑って、

「どこへ行ったのかしら？　あの子、さっきは確かに——」

「これが机の上にあった」

国枝が、折りたたんだ手紙を、清子へ差し出した。清子が開くと、あまり、上手《うま》いとはいえない美奈の字である。

「お母さん、お父さん。

色々気をつかってもらって、ゴメン。自分の病気のこと、よく知ってます。三か月の命なら、病院で苦しんでいるより、好きなように使いたいの。手紙を出します。どうか、捜さないで。

勝手言ってごめんなさい。　美奈」

清子の手から、手紙が落ちた。

「おい、清子！」

床へ、気を失って倒れた清子を、国枝があわてて支えた。


「ねえ、おじさん、一人？」

女の子の声に、小林《こばやし》は足を止めて振り返った。

季節外れの海辺の町である。

駅を降りる客は、まばらだった。

「何か用かい？」

小林は、ちょっと警戒した声で訊いた。

「どこかに泊るの？」

「ああ。――まあね」

「一番いいホテル、知ってる？」

小林はちょっと笑って、

「いいも悪いも、ここの旅館はどこも同じようなもんさ」

と言った。

「海の見える所がいいな。――私、一人なのよ」

「ふうん」

「一人じゃ断られそうだしさ。よかったら、親子ってことにしてくれない？」

小林は面食らった。

見たところ、十七ぐらいにしか見えない。コートや、下のワンピースは、なかなか垢抜《あかぬ》けしていて上等らしく見えた。

「東京からかい」

「そう。前の列車で着いたんだけど、誰も一緒に降りないんだもの。ずっと待ってたのよ、ここで」

小林は、ちょっと迷った。

もちろん、まともに考えれば、こんな女の子の言うことを真《ま》に受けるべきではない。

しかし、少女は、いかにも屈託がなく、自然に見えた。それになかなかの美人でもあった……。

「分った。いいよ。一緒に行こう」

「サンキュー!」

女の子は飛び上って、喜んだ。「ねえ、お父さん」

「よせよ、おい」

と小林は苦笑した。「じゃ、海の見えるホテルにしようか」

「うん」

と少女は元気良く肯《うなず》いた「——私、美奈よ。『美しい』、と、奈良の『奈』」

「僕は小林だ。君はいくつ?」

「十六」

「十六か。——僕は三十九だ。少々若すぎるかな父親にしちゃ」

「大丈夫よ。四十過ぎに見えるもの」

小林はガックリ来た。

「——気に触った?」

「いや」

と、小林は笑った。

何となく愉快な女の子である。

こういう道連れがいると、目立たなくて済むかもしれない。

「確かに四十過ぎの顔だろうな」

と小林は顎《あご》を撫《な》でた。

ヒゲがザラついている。

「気にしないで。今は中年がもてるのよ」

と美奈という少女は言った。「それに、おじさん、どことなく、うちのパパと似てる」

「そうかい？」

「そうよ。生活に疲れてる感じなんて、そっくり」

「いちいち、グサッと来るようなことを言うねえ」

「フフ」

と美奈は笑って、「正直なのよね、私って」

なおさら悪いや。——小林も、この女の子が憎めなくなって来た。

今の十六なら、もっと大人びているかと思ったのだが、この子は例外的に少女らしいところを残しているようだ。

「ねえ、パパの方がいい？　それともお父さん？」

「そうだな。──どっちでもいいよ」

「じゃ、パパにしよう」

「うちじゃ、パパなのかい？」

「お父さん、よ。だから違う方にしようと思って」

と美奈は言って、「あ、あそこに見えるのがホテル？　可愛いのね」

「そんなに大きいのを建てても、客が少ないからね」

だからこそここにやって来たのだから。

「おじさん──じゃなかった、パパ。いつまでここにいるの？」

小林は、ちょっとためらってから、言った。

「──分らないな」

2

小林は、人のいない、長い廊下を歩いていた。

見馴《みな》れたはずの、会社の中も、いつもと違って人がいないと、まるで見たことのない場所のような気がする。

土曜日の午後。

小林の会社は、週休二日制である。だから、今日は休日。

ビル全体が閉っていて、人の姿がないのは当り前であった。

小林は、朝の十時過ぎに社に出て来た。

ビルの裏口から入って行くと、管理人の老人が顔を出した。

「やあ、仕事かね」

「うん。いやになっちまうよ。——若い連中は休みを返上してまで働いちゃくれないからね」

「ご苦労さんだね」

と、老人は鍵《かぎ》を持って、部屋から、出て来た。

「三階だけでいいよ」

「――エレベーターも電源を切っちまってるんだ」

「歩くさ」

「そうだな」

「大変だろ。僕が開けようか。鍵は帰りに返すよ」

老人は、ちょっとためらった。

老人、といっているが、まだせいぜい六十だろう。人によっては、充分に、働き盛りである。

しかし、この老人は、膝《ひざ》を少し痛めているようだった。

「――そうだな。そうしてもらおうか」

と老人は言った。「鍵は必ず返してくれよ。頼むぜ」

「分ってるよ」

小林は、ホッとした表情を顔に出すまいと努力した。

鍵束を受け取り、階段を上りかけた、小林へ、

「どれくらいかかるね？」

と老人が声をかけた。

「二、三時間だな。昼は終ってから食べるから」

「そうか。じゃ、もし、昼飯に出てたら、鍵は――」

「いつもの所へ戻しとくよ」

「頼んだぜ」

小林は階段を上って行った。

小林は働き者で、年中残業して遅く帰っていることは、あの老人もよく知っている。休日出勤もこれが初めてではない。

あの老人が疑う理由は、全くないのだ。

小林は、まず三階に上って、ドアを開けた。

ここは小林の所属する、総務部がある。

オフィスは、まるで灰色の墓場のように見えた。――どうして、キャビネットやロッカーはみんな灰色なのだろう。

人のいないオフィスは、いくらか広く見える。

「さて、始めるか」

と小林は口に出して呟《つぶや》いた。

まず、自分の机につくと、ちゃんと仕事用の道具を机の上に出し、書類つづりを、それらしく開いて、置いた。

ボールペンのキャップを外し、書類の上に、使いかけ、というように置く。

手早くやることだ。――しかし、下の老人が昼食に出るのを待った方がいいかな、と思い直す。

少しでも危険は避けたい。

小林は、椅子《いす》にかけて、ゆっくりとタバコに火を点《つ》けた。――手は、別に震えていない。

震えるもんか。当り前のことを、やるだけだ。

小林は、新聞のつづりを持って来て、眺め始めた。

十二時までが、ひどく長かった。やっと十二時十分になると、小林は行動に移ることにした。

老人が、出かけたかどうか、確かめたかったが、その方法がない。わざわざ見に行っては、却《かえ》って怪しまれるだろう。

小林はオフィスを出ると、鍵束を手に、階段を上った。

五階は経理課のフロアだ。

小林は、そのドアの鍵をあけ、中へ入った。――金庫は、課長室の中である。

幸い、課長室の窓は、隣の大きなビルの壁で、ふさがれているのも同然なのだった。

小林は、上衣《うわぎ》の内ポケットから、鍵を取り出した。――金庫の鍵である。

この鍵は、もちろん複製だが、型を取る機会は、全く偶然に訪れたのだった。いや、そのとき、初めて小林は、この計画を思い付いたのだった。

「計画か」

と小林は笑った。

実際、計画といえるほどの計画ではなかった。

当然、あの老人の証言もあり、金庫を開けたのが小林であることは、すぐに分る。

ただ、発見されるのが、おそらく月曜日になるだろうから、その間に、逃げることはできる、と思っていた。

いずれにしても、大した計画ではなかったのだ。

小林は、金庫に、鍵をゆっくり差し込んで、回した。——もちろん、これだけでは開かない。

小林は、この金庫のダイヤルの番号を知っていたのだ。十八歳から、二十年余、働いて来た強みであった。

自分の持分に関係ない情報も、あれこれと入って来る。

金庫は静かに開いた。——呆気《あっけ》ないほど、簡単だった。

現金の入った箱を、取り出す。現金取引のための現金、一千万が、金曜日に入って来ていることも、小林は知っていた。ここ十年来、ずっとそうなのだ。

今週も例外ではなかった。

小林は、現金の箱をかかえて、金庫の扉を閉めた。——これで終り。

簡単なものだ。小林は、笑いたくなった。

しかし、振り向いて、小林の体は凍りついた。——管理人の老人が立っていたのだ。

「何をしてる！」

老人は、震える声で言った。

「いや――ちょっと用が――」

「この野郎!」

老人が、なぜつかみかかって来たのか、後になっても、小林には分らなかった。まさか危険とは思わなかったのだろうか。しかし、いくら小林が強くないと言っても、年齢が違う。

老人は、おそらく、鍵を小林に任せてしまった自分の弱さを、自ら憤っているのに違いなかった。

二人はもみ合った。――小林は、何もしなかった。これは本当である。

老人は勝手に倒れ、頭を、大きなデスクの角に打ちつけた。そして、それきり、動かなくなったのだ。


「――おはよう」

若い女の声で、小林はハッと目を覚まして、起き上った。

カーテンが開いて、部屋が明るくなった。

ホテルの浴衣を着た少女が、微笑《ほほえ》んでいる。

そうか。――小林は、やっと、思い出した。

「もう十時よ」

「そんな時間か」

小林は頭を振った。

「朝ご飯、冷めちゃってるわ。温めてもらう?」

「いや、いいよ」

と、小林は言った。「君は食べたのか」

「うん。――娘に『君』じゃ変よ。パパ」

小林は笑った。

食事を終えて、小林が顔を洗って戻ると、美奈は服を着て待っていた。

「せっかく来たんだもの。見物しましょうよ。いい天気よ」

「そうか。寒くないかな」

「大丈夫。今朝、早く起きたんで、少し外へ出てみたの。平気だったわ」

「じゃ、歩いてみるか、海岸でも」

「玄関のところで待ってるわ」

美奈は、部屋から小走りに出て行った。

二人は、ホテルの玄関を出ると、わきの階段を降りて行った。

岩の多い海岸だが、その辺だけは、小さな白い砂浜になっている。

海が呼吸をくり返し、その息を吹きかけて来た。

「気持がいいわ」

美奈は大きく伸びをした。「――ね、泳げる?」

「こんな寒いときに入ったら、死んじゃうよ」

「違うわよ、おじさん、泳げるか、って訊いたの」

「ああ、そうか」

小林は笑った。「当り前さ。――僕はこの町の生れなんだ」

「へえ。そうなの。それじゃ、誰か親戚《しんせき》とか」

「食って行けなくなって、この町から夜中に一家で逃げ出したんだ。――僕が十歳のときさ」

「じゃ、あんまりいい思い出はないわけね」

「そうなんだ。知人といっても、もう、今会ったって誰も気が付くまい」

「寂しいね」

「それでも、ここへ来たくなるんだ。不思議なもんだな」

と小林は波打ち際まで歩いて行きながら、言った。

「よく泳いだの？」

「ああ。ここは町の連中の海水浴場だったからね。あのホテルもなかった。ずっと遠浅でね。泳ぐにはもってこいなんだ」

「楽しそう！」

「ただね――ほら、あの出張った岩があるだろう」

「見えるわ」

「あの先へ行くと、急に海流が変って流れに引き込まれる。どんどん沖へ沖へと連れて行かれるんだ」

「怖いのね」

「僕がいた頃でも、十二、三の子が一人、死んでる。――まあ、それで遊泳禁止にしないのが、いいところだな」

「そうね」

「今の子は、危い所へは近付けてもらえないから、危い、ってことを知らないんだ。――あれこそ、却って危いんじゃないかと思うね。そりゃ事故で死ぬこともあるかもしれないが……」

「人間、何で死ぬか分らないものね」

小林は、美奈の言い方に、ちょっとギクリとして、振り向いた。――が、美奈は、別に気にもとめていない様子である。

「今、おじさんの両親はどうしてるの？」

「お袋は病気で死んだ。僕が二十歳《はたち》のときだ。――親父《おやじ》は、夜逃げの後、間もなくいなくなって、それきりさ」

「まあ、ひどい」

「生きちゃいないだろう。大体酒で体をやられてたからな」

「兄弟は？」

「いない」

「同じだ。一人っ子よ」

「そうか」

小林は、何も訊かなかった。

何か事情がなければ、こんな所へ来ているはずがない。——それをわざわざ聞いてみても仕方なかった。

子供といっても、もう十六、七になれば、それなりに、色々な事情を背負っているはずだ……。

「少し町を歩いてみるか」

と、小林は言った。

「うん」

「じゃ、上ろう。下からは行けない」

二人は階段を上って、ホテルの前に出た。

「あら——」

と、美奈が言った。

小林の顔がこわばった。

ホテルの玄関前に、二台のパトカーが、横付けされていたのだ。

「ああ、お客さん」

ホテルのフロントの男が出て来た。

「すみませんが、ちょっと——」

早過ぎる。小林は思った。——まだ、早過ぎる。

3

「すると、親子で旅行に？」

と、警官が訊き返した。

「そうです」

と、小林は言った。

他に言いようがない。——逃れられないと分っても、まだ諦《あきら》め切れなかった。

「すると……お嬢さんは、十六歳」

「はい、そうです」

と、美奈が肯く。

「――学校は？」

と、警官が言った。「どうしたんです？」

小林は、しまった、と思った。――確かに、会社なら休暇を取って、と言えるが、学校をそう簡単に休むことはない。

「それは――その――」

と、小林は言い淀《よど》んだ。

どう言っていいか、分らない。だから、言葉が続かないのである。

「どうしました？」

警官は、疑惑の色を隠そうとしなかった。

「パパ」

と、美奈が言った。「――もういいのよ」

小林は美奈を見た。

「私、知ってるんだから」

警官がいぶかしげに、美奈を見る。

「お巡りさん。父が返事をしないのは、私に本当のことを隠したいからなんです」

「本当のこと?」

「私は、ガンで、もう二か月くらいの命なんです」

と美奈は言った。「だから、入院の前に、二人で旅行をして、最後の思い出にしようって……。でも、父は私が何も知らないと思ってるんで、今も、ご返事できなかったんです」

美奈は、小林を見た。

「ね、パパ。――隠さないでいいの。私、知ってるんだから」

小林は、何とも言えなかった。二人は、じっと見つめ合っていた。

警官が、咳払《せきばら》いをした。

「それはその――申し訳ないことをしまして……」

と、頭を下げる。「そんな事情とは存じませんでしたので」

小林も機械的に頭を下げた。

「では、失礼します」

と警官は立ち上ると「それにもう一つ、お詫《わ》びしておかんと……」

「何でしょう?」

「今、お部屋の荷物を調べさせているんですよ」

小林は、軽く息をついた。――どうせ、むだなことだったのだ。

金は、ボストンバッグに、無造作に詰め込んである。すぐに見付かってしまうに違いない。

「――調べました」

と若い巡査がやって来る。「何もありません」

「そうか。では、どうかお気を悪くなさらずに――」

詫びて、警官たちが帰って行く。

ホテルの方も、悪いと思ったのか、小林たちの部屋に、果物などを届けて来た。

小林は、何が何だか分らず、ポカンとして座っていた。――美奈が、やがてふっと笑うと、

「どう？　うまく切り抜けたわね」

と言った。

「君は――」

「ゆうべ、おじさん、大分寝言を言ってたわよ。大体のことは分ったわ」

「寝言か……」

「だから、バッグを調べて、お金の包みがあったんで、洗面台の裏側へ隠しておいたのよ」

「そうか」

「それに、あの言いわけ、どう？　不治の病で、ってのは泣かせるでしょ？」

と、美奈は得意げに言った。

突然、小林が平手で美奈の頬を打った。

パシッと音がして、美奈はよろけて、驚いて目を見張った。

「――すまん」

小林は、顔をそむけた。「悪かった……。しかし……やめてくれ。そんな。子供が病気だと嘘《うそ》をつくのは――いかん。それはだめだ」

「おじさん……」

「そういう嘘はついちゃいけない。聞かされたことはないかい？　病気の嘘はつくもんじゃない、って。――君は若くて、元気なんだ。君が――もし、そんな嘘をついて、――もし本当になったらどうする！」

小林は少し間を置いて、「——ありがたいと思ってるよ、しかし——あんな嘘はもうやめてくれ。そのせいで捕まったって、構やしない」

と言った。

美奈は、じっと、小林を見つめていた。

小林は、恐る恐る美奈を見て、

「——痛かったろ?」

と訊いた。

美奈は立ち上ると、コートを着て、部屋から出て行った。

小林は、急に体中の力が抜けてしまったような気がした。

馬鹿なことをしたもんだ。

せっかくかばってくれたのに、怒らせてしまった。——警察へ連絡しに行ったのか、それとも……。

まあ、どうでもいい。どっちにしろ、今はまだ俺の手配写真が出回っていないから、警察も見逃したが、やがて俺の写真が来て、それをさっきの警官が見るのも時間の問題だ。

そうなれば、逃げられやしない。
しかし、一体何のために、俺はあんなことをしたんだろう、と小林は思った。
金があるのだ。大都会——大阪とか、名古屋とかへ行って、身を隠していること
も、できるのに、なぜ、こんな田舎町《いなかまち》へ来たのだろう？
——何も分らない。
ただ、あの老人の死体を見ていて、もう何も分らなくなり、いつの間にか、ここ
へ向う列車に乗っていたのである。
ここに、何の救いがあるというわけでもないのに……。
十五分くらいたったろうか。
美奈は帰って来なかった。小林は、果物を食べる気にもなれず、ゴロリと畳に横
になった。
部屋の電話が鳴る。出てみると、外からだという。
ここに誰がかけて来るのだろう？
「もしもし」
と、女の声がした。

「はあ」

「恐れ入ります。そちらは、若い女の子とご一緒とうかがいまして」

「ええ……。それが何か?」

「あの――実は――」

と、しばらくためらってから、「こんなことを申し上げてお怒りになるかもしれませんが、実は、うちの娘が家を出てしまいまして、色々調べて、そこの近くの駅で降りた人が、娘とよく似ていたという知らせがあったんです」

「はあ」

「それで、近くの旅館へ、一つ一つ電話をしているんです」

「なるほど。しかし、うちは娘と二人の旅行でしてね」

「そうですか。同宿の方で、十六ぐらいの女の子はおりませんでしょうか?」

「いや、いないようですね。――お嬢さんはどうしてまた家出なんか――」

「はあ……」

女の声は低くなった。「娘はガンで、あと三か月の命と言われております。ずっと隠していたつもりでしたが、娘の方は気付いていまして……。三か月の命なら、入院しているより、好きなことをしたい、と書き置きをのこして、いなくなってしまったのです。——もし、それらしい子を見かけましたら——名前は美奈と申します。どうか知らせて下さい」

涙声になって切れてしまう。

小林は、呆然《ぼうぜん》として、受話器を持っていた。知らせてくれと言って、向うは名前も言わなかった。

やはり動揺しているのだ。

小林は、受話器を置くと、今聞いた話を、いわば、かみ砕くことができずに、しばらくぼんやりと座っていた。

そして、急に立ち上ると、部屋を出た。

「——娘は?」

とフロントへ声をかける。

「駅の方へ行く道を行かれましたけど——」

「ありがとう!」

小林は靴をはくと、ホテルを飛び出した。そして、駅への道を急いだ。

いつしか、小林は走っていた。

4

ハアハアと喘《あえ》ぎつつ、小林は走っていた。

畜生、運動不足なんだな！

向うから、パトカーがやって来るのが見えた。――小林は足を止め、傍《かたわら》の背の高い草の中へと、飛び込んだ。

キーッとブレーキの音がして、

「待て！　小林！」

と声がした。

やっと分ったのか！

小林は走りたくなった。――走って、走って、走り続ける。

追う方も、容易には諦めない。

足音と、叫び声が、耳を打つ。

「撃つぞ！」

と声がして、銃声が響いた。

威嚇射撃だ。小林は走り続けた。

「止れ！　撃つぞ！」

撃てよ、勝手に、と小林は呟いた。

銃声が響いた。

すぐそばで、誰かが倒れた。——小林は足を止め、草をかき分けてみた。

美奈が倒れている。

「しっかりしろ！」

小林は、美奈をかかえ上げると、夢中で駆け出して行った……。


美奈は目を開いた。

少し視界がかすんでいる。——霧でも出たのかな、と思った。

「気が付いたか」

と声がした。

目が焦点を結んだ。――小林という、あの中年男だ。

「パパ」

と、呼んで、美奈は微笑んだ。「ここは？」

動こうとして、わき腹に、痛みが走ったので、美奈は、

「アッ」

と声を上げた。

「あんまり動くな」

と小林が言った。「君は撃たれたんだよ」

「警官に？　――そうか。そうだったっけ。あなたが逃げて来るのが目に入ったものだから……」

「無茶しちゃいけないよ」

「傷は重い？」

「そうだな。これで死んだら、医学界がひっくり返るような、かすり傷だよ」

「なんだ」

と、美奈は笑った。「あ、いたた……」

「じっとして！」

「ここは！」

海の匂いがした。波の音も
「あのホテルの下の海岸さ。端の方の岩陰だよ」

「よくここまで……」

「人間、必死になると力が出るよ」

「おじさん、撃たれなかったの？」

「ああ」

「良かったわ」

「良くないさ。代りに君が撃たれて。——これで傷がひどかったら、僕の立場はどうなる？」

美奈は、砂の上に横たわっていた。

「——私、駅へ行ってたの」

「帰るつもりで？　家へ……」

「違うわ。おじさんが切符買いに行ったら、危いと思ったの。——ポケットに——

コートのポケットに切符があるわ」

「ここかい？」

「ええ。——奥を探ってみて」

小林は、両方のポケットを探って、肩をすくめた。

「ないよ」

「じゃ、どうしたのかしら？」

「きっと走ってるときか、倒れた拍子に、落ちちまったんだろう」

「がっかりだわ。——ごめんなさい」

「君が謝ることはないよ」

と小林は笑った。

美奈は、小林を見て、

「——これから、どうするの？」

と訊いた。

「そうだなあ……」

「もうホテルには——」

「警察が来てるさ」

「自首したら？」

小林は少し間を置いて、言った。

「海は変らないな」

「え？」

小林は、じっと海の方へ目を向けている。

「——何となく分ったよ」

「何が？」

「どうしてここへ来たのか、さ。変らないものが見たかったんだ」

と小林は言った。「僕は人を殺し、金を盗んだ。——変っちまった自分にいや気がさして、変らないもの、昔の通りのものが、どうしても見たくなったんだ」

「海だけが同じだったの？」

「そうだ」

「でも、おじさんが刑務所から出て来ても、海は変らないよ、きっと」

小林は、ちょっと笑った。

「そうだな」

「そうしたら？」

「いや……。それじゃ、僕の気持はおさまらない」

「じゃ、どうするの？」

「さっき言ったことを憶《おぼ》えているかい？」

「どういうこと？」

「この海さ。——ずっと遠浅で、突然、流れが変る、って……」

「憶えてるわよ」

と、美奈は肯いた。

「だから、これから海へ入って、沖に向って泳ぐんだ」

小林がさり気なく言う。

「——本気なの？」

「ああ」

「だけど……」

「海で死ぬなら、別に怖くないよ」

「そこまでしなきゃいけないの?」

「そうとも」

小林は肯いた。「それが僕の償いだ」

美奈は、目を伏せて、少し考え込んでいたが、やがて、言った。

「――私も行く」

「馬鹿言っちゃいけない」

「泳げるわよ。これぐらいの傷なら」

「だめだめ」

「だって、私も長くはないんだもの」

小林は、ちょっと美奈をにらんで、

「また叩《たた》かれたいのか」

と言った。

「本当なんだってば。私、あと三か月の命なのよ」

「悲劇のヒロインになるにはね、二十年は早いぞ」

「信じてくれないのね」

「当り前だ。そんなに元気のいい不治の病があるもんか」

「だって、本当なんだもん」

と、美奈は口を尖《とが》らした。

「本当に死にかけてる人間は、そんなこと、人にゃ言わないもんだ」

と、小林が言った。「そうだろう。それは甘えだよ。自分が一番可哀《かわい》そうだと主張したいんだ。周囲がもっともっと苦しんでるってことに気付かないんだ」

美奈は、小林の言葉に、口をつぐんでしまった。

「君がもし、本当に病気なら、こんな所にいるわけがないだろう。両親のもとから出て来るわけがない。三か月しかないのなら、三か月一緒にいてあげたいと思うのが当り前じゃないか」

美奈は、じっと、海の方を見ていた。

「――さて」

と、小林は立ち上った。「その内、ここにも警察が来るだろう」

「行くの？」

「うん。邪魔されたくないからね」

小林は手を差し出した。「じゃあ、色々、ありがとう」

「別に私――」

「若い女の子と同じ部屋で寝ただけでも楽しかったよ」

「やあだ」

美奈は少しく赤くなって、小林の手を握った。

「じゃ、ここにいるんだ。――どうせ、すぐに、ここにも降りて来るよ」

「ええ」

「じゃ、元気で」

と言ってから、小林は笑った。「何だか妙だな」

「さよなら……」

「うん。――さよなら」

小林は、まるで、真夏に海へ入る海水浴客のように、気楽に、海の方へ歩いて行き、波が足下まで来ると、靴を脱いで投げ捨てた。

美奈は、小林が、波の中へ少しずつ入って行くのを見送っていた。

遠浅なので、小林の姿は、ずいぶん遠くまで見えていた。

そして、深くなったのか、急に頭が見え隠れするようになって、たちまち、波の間に消えて行った……。

美奈は、濡れた砂の上に転がっている、小林の靴を、眺めていた。

「――誰かいるぞ！」

人の声が、高い方から聞こえて来る。

美奈は、傷を押えながら、そろそろと立ち上り、砂に足を取られそうになりながら、歩き出した。

そして、小林の靴を片方ずつ、拾っては波に向って放り投げた。

振り向くと、警官たちが、ホテルのわきの階段を降りて来るところだった。

「美奈……」

清子は、玄関を入って来た美奈を一目見るなり、何も言えなくなってしまった。

「ただいま」

美奈は、ちょっと照れたように言って、上って来る。

「気を付けて。ケガの方は？」

「大丈夫よ」

迎えに行った父が、後から、入って来る。

「おい、一度、傷をこの近くの病院で診てもらえよ」

「そうね。その方がいいわ」

「だって、どうせ――」

と言いかけて、美奈は肩をすくめて、「いいわ。じゃ、そうする」

と言った。

「さあ、入って。――お腹《なか》空いたろ？」

「そうね。駅弁、まずかったから」

「すぐ夕ご飯だからね」

と、清子は、急いで台所へ消える。

美奈は、ソファに座って、息をついた。

我が家だ。――美奈にとっては、最高の景色だった。

「おい、美奈、コートを脱げよ」

と父が言った。

「ああ、そうね」

立ち上って、コートを脱ごうとして、ふとポケットに手を入れる。――切符が出て来た。

小林に、と思って買った切符だった。

「――なあ、美奈」

「うん？」

「お前はもう事情が分ってる。――私たちももう隠しはしないよ」

「前は隠してるつもりだったの？　顔に書いてあったわよ」

と美奈は笑顔で言った。

「お前にゃかなわん」

と父も笑った。「――どうだ。どこか行きたい所はあるか？　入院しても、途中で退院できる日もある」

「そうだな」

と、美奈は考えた。「ベッドでゆっくりと検討するわ。それくらいの時間はあるでしょ」

「充分さ」

と父は言った。「お前、あそこで一緒にいた男とは前からの知り合いか?」

「いいえ。あそこで初めて会ったのよ」

「殺人犯とか聞いたぞ」

「弾みでやったようね。でも——自分の命で償ったわ」

「好きだったのか?」

「さあ……。もう、二、三日一緒にいれば、そうなったかもしれないわ」

「もう大分中年なんだろ?」

「まだ三十九よ。——お父さんも、まだ若い子にもてる可能性があるってことよ。頑張って」

「変なこと、たきつけないで」

と、清子が、笑いながら、入って来る。「さあ、紅茶でも飲んで」

「うん。——我が家の紅茶が一番おいしいわ」

清子は、ふと涙がにじんで来て、あわてて顔をそむけた。

ちょうど電話が鳴って、清子は、急いで駆け寄った。

「はい。——あ、先生、入院が遅れて申し訳ありません。——は?」

「いや、実はですね、レントゲン写真を、他《ほか》の患者のと間違えてしまいましてね……」

医師は、照れくさそうな口調で、言った。

〈法医学教室〉

明日殺された男

1

法医学の権威にして、これまでに検死解剖した死体が五千を越えるという、沼田市郎《いちろう》教授は、見たところ、ごく当り前のサラリーマンでしかなかった。

多少上等の背広を着て、多少大きめの鞄《かばん》をいつも持っているが、それにしても、この人物が、主な殺人現場には必ず顔を出し、深夜の解剖室で、腐乱死体にただ一人、メスを振るっているとは、誰も考えないに違いない。

温厚な丸顔、銀ブチメガネの奥の目は、知性を感じさせるが、時には子供のような、いたずらっぽい笑みも浮かべる。ちょっとした茶目っ気も持ち合せていて、学生たちには、沼田の講義は人気があった。

五千に及ぶ、彼の扱った変死のほとんどは、まずありきたりの、平凡な死――という言い方はちょっと問題があるかもしれないが、ともかく原因のはっきりした死、という意味である――なのだが、中には、奇妙な死、信じられないような死も、ないではない。

しかし、この午後、沼田の部屋へやって来た死体は、それまでの長い経験上も例のない、珍しい死体だった。

ともかく、それはいつになく穏やかで、のんびりした日だった。

警察の呼び出しもなく、突然かつぎ込まれる死体もない。

今日あたりは、妻の啓子《けいこ》と食事でも一緒にしようか、と、机の上の電話を眺めながら考えていた。

ドアにノックの音がしたときも、沼田は大していやな顔はしなかった。いつもの仕事なら、秘書の大月《おおつき》香代《かよ》は、もっとせわしげなノックをするはずである。もう三年間も一緒に仕事をしているので、沼田はその辺のことをよく呑《の》み込んでいた。

「どうぞ」

と沼田が言うと、ドアが開いて、大月香代の若々しい顔が覗《のぞ》いた。

「先生、お客様ですが」

香代が、何だか戸惑ったような表情を見せていた。

「どなたかね？」

「それが……」

と、香代は言葉を切った。

彼女が、こんな風に、対応に戸惑うのは珍しい。何か、厄介な客なのかもしれない。

今までにも、やくざの親分が乗り込んで来たことがあるし、ここで首を吊《つ》りたいと言って、ロープを持って来た者もあった。

だから、沼田は、少々のことではびっくりしないのである。

「ともかく入っていただきなさい」

と、沼田は言った。

「はい。——どうぞ」

香代に促されて入って来た客は、一見したところ、別に変っている様子には思えなかった。

四十前後か、ちょっとした企業の課長クラスというタイプだった。

割合に上等の背広を着込んで、顔立ちも、物静かで、落ち着いている。

ちょっと妙なことと言えば、なぜかネクタイをしていないこと、それに、少し顔が青ざめているといったことぐらいだろう。

「沼田先生ですか」

と、その男は言った。

「私が沼田です」

「実はお話がありまして——」

「ともかく、おかけ下さい」

と、沼田は椅子《いす》をすすめた。

「や、どうも。——そうですね。今さらあわてても仕方ない」

と、その男は独り言のように呟《つぶや》いた。

香代は、そっと出て行って、ドアを閉めた。

「実はご相談というのは——」

と男が言いかけるのを、

「その前に、お名前をうかがわせていただけませんか」

と沼田は遮った。

「あ、これは失礼」

男は、ちょっと頭をかいた。「いや、自分では落ち着いているつもりですが、そうでもないようですね」

男は一つ息をついて、言った。

「私の名前は、辻川《つじかわ》といいます。いや、いいました」

「ました、とおっしゃるのは？　改名でもされたんですか？」

「といいますか、生前の名前は、です」

「生前の？」

沼田は、目をパチクリさせた。「しかし、どう見ても、ちゃんと足は二本ついておられますがね」

「はあ」

「するとなぜ――」

「私は殺されたんです」

と、男は言った。「それで、ぜひ先生に、検死解剖をお願いしたいと思いまして」

これは確かに、前代未聞の変り者だ。

「死体は語る」とか、比喩《ひゆ》的に言うことはあるが、実際に口をきいたり、しかも「自分自身の」検死を依頼して来るとは……。

「どうにも、まともなお話ではありませんねえ」

と、沼田は言った。

「無理もありません。私だって、本当は死にたくはないのです」

辻川と名乗った男は、ちょっと寂しそうに肯《うなず》いた。

「一体どういうご事情なのか、説明していただけませんか」

「毒を盛られたのです」

と辻川は言った。

「毒？　――どんな種類の毒薬ですか？」

沼田は専門家である。およそ、あらゆる種類の毒物に通じている。

「いくら先生でもご存知ないと思います」

と、辻川は言った。

「おっしゃってみて下さい」

「名前は私も知らないのです」

と辻川は首を振った。「アフリカの原住民が猛獣を殺すときに使う毒なんだそうです」

やれやれ、と沼田は苦笑した。「正体不明の毒物」か。そんなしろものは、荒唐《こうとう》無稽《むけい》の三流小説にしか出て来ないものだ。

「それじゃ、私の所へおいでになるよりも、普通の医者の所へ行かれてはどうですか。胃を洗浄《せんじょう》するとか、色々方法はありますよ」

「むだです」

と、辻川は首を振った。

「どうしてです？」

「もう手の打ちようがありません。どんなことをしても助からないんです」

「それは誰が言ったんです？」

「私には分っているんです」

これではお話にならない。沼田は、のんびりと男の顔を眺めた。

「それじゃ、私にどうしろと——」

「ですから、ちゃんと後で、その毒物を検出していただきたいんです」

「はあ」

「先生は日本でも有数の監察医だと伺ったものですから」

「まあ、多少の経験はありますがね」

「実は、その毒は、現在の医学では絶対に検出することができないものなんです」

と辻川は、身を乗り出すようにして、言った。「しかし、私としては諦《あきら》め切れません。殺されたということは犯人がいるわけです。そうでしょう?」

「まあ、理屈の上ではね」

「私の死が自然死だということになって、その犯人が何ら処罰を受けないのではたまりませんよ」

「なるほど」

と、沼田は肯いて見せた。

少しおかしいかどうかはともかく、この男が真剣らしいことは沼田にもよく分った。

「ともかく、先生もお忙しいでしょう」

と、辻川は立ち上った。「では、どうぞよろしく」

「はあ――」

呆気《あっけ》に取られている沼田を尻目に、辻川という男は、さっさと部屋を出て行ってしまった。

入れかわりに、香代が入って来る。

「──何ですか、今の人？」

「ん？　ああ、殺人事件の被害者だとさ」

と、沼田は言った。

香代がキョトンとして沼田を見つめていた……。

その翌日は、前の日と打って変って多忙だった。

午前中一件、午後二件、死体がかつぎ込まれて来て、てんてこまいだったのである。

前の日にやって来た妙な「死人」のことなど、すっかり忘れていた。

夕方、すっかりくたびれて部屋に戻ると、大月香代へ、

「コーヒーを淹《い》れてくれ」

と声をかけ、椅子に身を沈めた。

「──お疲れですね」

「全く、死ぬ方も少しは考えてほしいな。こっちに休みを取らせまいとしているみたいだよ」

「まさか」

と香代は笑った。

コーヒーをゆっくりと飲み始めると、電話が鳴り出した。

「おい、やめてくれよ……」

と沼田が呟く。

香代が受話器を上げた。

「沼田教授室です。——あ、どうも。——ええ、いらっしゃいます」

「誰だい?」

「瀬田《せた》さんです」

「じゃ出ないわけにはいかんな」

と、沼田はため息をついた。

瀬田警部は、もう十年来の顔なじみだ。もちろん仕事の上での仲間だが、個人的にも何となく気が合って、付き合いが続いている。

「——やあ、何だね」

「死体を見に来てほしいんだが」

と、いつものガラガラ声が伝わって来る。

「今日は忙しくてクタクタなんだ。他《ほか》の者を行かせるよ。それでいいだろう?」

「悪いが、先生でないとだめなんだ」

「そんなに厄介なのか」

沼田はため息をついた。「どんな風なんだ?」

「どう考えても、殺されたようには見えないんだよ」

沼田は、ちょっと呆《あき》れて、

「おい、僕をからかっているのか?」

と言った。

「そうじゃない。自然死だとは思うんだが、手紙を持ってたんだ」

「誰の手紙?」

「本人が書いたらしい。宛名《あてな》は〈私の死体を発見した人へ〉となっている」

「遺書か」

「そうじゃない。中の手紙によると、自分は自然死のように見えるだろうが、実は殺されたのだ、とある」

「それだけ？」

「その後に、ぜひ検死は沼田市郎先生にやっていただきたい、とあるんだ。ご指名だよ。連絡しないわけにはいかんだろう」

「なるほど」

沼田も、やっと思い当った。——どうやら昨日の男らしい。

何という名だったか……。そう、辻川だった。

すると、本当に死んでしまったのか。しかし、まさか……。

「おい、先生、来てくれるんだろうね」

と、瀬田が言った。

「ああ、行くよ。しかし、場所を教えてくれないと、行きたくても行けないね」

沼田が、やり返した。

2

沼田が見た通り、辻川という男は、かなりの地位にあるビジネスマンらしかった。自宅は、豪邸とは言えないまでも、標準的な住いに比べれば、立派な造りである。

辻川は、自宅の居間で死んでいた。

「——所見は？」

と、瀬田が言った。

沼田は立ち上って言った。

「毒殺だね」

「毒殺？」

瀬田の目が輝いた。「確かかね」

「ああ。使われたのは、アフリカの奥地でしか使われていない、検出不能の毒物さ」

瀬田が、沼田をにらんだ。

「人をからかって！　——検出不能なのに、どうして毒殺と分るんだね？」

「当人がそう言ったんだ」

キョトンとしている瀬田に、沼田は昨日の辻川の話を伝えた。

「——呆れたな！」

瀬田は首を振った。「そんなことが、あり得ると思うかい？」

「ほとんどあり得ないね。しかし、百パーセントとは言えない」

「学者さんはそうだろうが、我々は九十九パーセントは百パーセントと同じだと思ってるよ」

「まあいい」

沼田は、もう一度死体の方へかがみ込んで、

「昨日の話を無視すれば、こいつは単なる心不全だよ」

「発作か」

「まあそうだ」

「そいつはいいや。それで片付けよう」

「待てよ。一応、疑いがあるからには、検死解剖の必要がある」

「やるのかね」

「やる」

沼田は肯いた。「――発見者は?」

「夫人だ。話を聞こうと思ってたところだよ」

「ちょうど良かった。同席させてくれないか?」

「構わんよ、もちろん」

瀬田が、がっしりした肩を揺すった。

「――保子《やすこ》と申します」

辻川の夫人は、夫よりもずいぶん若い。せいぜい二十四、五というところだろう。ちょっと服装などで、老けて見せているが、顔のツヤなどを見れば、すぐに年齢は分る。

「再婚ですね」

と、瀬田が訊《き》く。

「私は初婚でした」

「ああ、失礼。――すると結婚したのはいつ？」

「二年前です」

「ご主人とはどこで知り合ったんです？」

瀬田の質問に、保子は苛々《いらいら》した表情になって、

「そんなこと、どうして訊くんですか？　主人は心臓が弱かったのよ。だから発作を起こして死んだんだわ、それ以外に、何が必要なんですか？」

いやに食ってかかって来る。

「殺人の疑いがあるのでね」

瀬田の言葉に、保子はちょっと面食らったようだったが、やがて引きつったような笑いを浮かべて、

「そんなこと、あり得ないわ」

と言った。

「どうして？」

「だって、主人は、そりゃあ目立たない、大人しい人だったんですもの。人に恨まれるなんてこと――」

「最近体の具合が悪かったことは？」

と、沼田が急に言ったので、保子はびっくりしたようで、椅子から飛び上りそうになった。

どうやら、この若妻、ひどく怯《おび》えている、と沼田は思った。

「べ、別にそんなこと——」

「誰かに狙われているとか、そんなことは？」

「いいえ、何も」

「しかし、ご主人は亡くなった。それには原因があるはずです」

「だから心臓の——」

「悪かったことは、みんな知っているのかな？」

「ええ、もう長くないだろうって、自分でも言っていました」

沼田は黙って肯いた。——どうも、この一件、裏がありそうだ。

その後、瀬田が、あれこれしつこく訊き出したが、保子は、面倒くさそうに返事をしていた。

「——で、どうなんですの？」

昼食をとりながら、大月香代が言った。

二人は、大学の食堂に行かず、外のレストランで昼食をとることにしていた。といって二人の中を疑ってもらっては困るのだが、要するに、二人とも、多少、懐具合に余裕があるのである。

「解剖してみたが、何も出なかったよ」

「じゃ、やっぱり？」

「公式には心不全ということになるね」

「でも、先生のお見立ては？」

「やめてくれよ」

と、沼田は苦笑した。「僕は一介の医者に過ぎないんだからね」

「でも、完全に納得なさってはいないんでしょ？」

「そう……。まあ、あの男の話は、まず、九十九パーセントでたらめだと思う。それに、そんな話を信じ込むには、少々インテリに過ぎるしね」

「じゃ、何のつもりであんな話をしたのかしら？」

「そこが妙な点さ。もう一つスッキリしないんだ」

「心臓が弱くて——奥さんがご主人にショックを与えて——」

「それは至って確率の低い殺し方だね。それに死人の表情は、あまり歪《ゆが》んでいなかった。まあ、あの手の発作を起こした人によくある顔だったよ」

「じゃ、殺されたとは思えないわけですね」

「うん、理屈の上からは、そうだ」

食事の後、コーヒーを飲んでいると、

「あ、先生、コーヒーがネクタイに——」

と、香代が言った。

「やあ、こいつはしまった」

運んで来るとき、受け皿にこぼれていたコーヒーが、カップの下からたれたのである。

「——濡れタオルでも借りましょうか」

香代が、ハンカチをコップの水に浸して、拭《ぬぐ》ってみたが、コーヒーのしみは、なかなか落ちない。

「いや、いいよ。どうせ大した品じゃない」

「先生はいつも地味すぎるんだわ」

と、香代は言った。「私が今度、選んで来てあげます」

「君は派手好みじゃないの？」

と、沼田は、恐る恐る言った。

「任せといて下さい。十歳は若返らせてみせますから」

香代は自身たっぷりである。

「——待てよ」

と、沼田は呟いた。

「どうかしました？」

「ネクタイだ」

「え？」

「いや、何か忘れてると思っていたんだよ。あの男——辻川さ。大学へやって来たとき、ネクタイをしていなかった」

「ええ、そう言えば……」

と、香代は思い出しながら、「ネクタイしていませんでしたね。何だかおかしいな、と思ったの、憶《おぼ》えていますわ」

「ああいうビジネスマンが、きちんと背広を着込んでいて、ネクタイをしめないってことがあると思うかい？」

「さあ。——あんまり見たことないですね」

「いや、まず考えられないね」

沼田は、顎《あご》に手を当てて考え込んだ。


「——ネクタイだって？」

瀬田は、いぶかしげに言った。

「また先生、何を思い付いたんだね」

「ちょっとしたことさ」

と、沼田は言った。

二人は車で、辻川の家へ向っていた。

「色々調べてみたけどね」

と瀬田が言った。「あの女房、なかなかやり手だよ。若い男がいるらしい」

「なるほど」

「前妻のことも調べた」

「さすがだね。それも訊こうと思ってたんだ」

「あの保子って女と関係ができて、それが原因で別れている。まあ、辻川の方が一方的に悪いとも言えないようだがね。何しろ前の女房は、金持の娘で、ちょっと変ってたらしい」

「どんな風に？」

「魔術とか、降霊術とか、そんなことに凝ってたんだ。ずいぶん金を巻き上げられてたって話だ」

「魔術か……」

沼田は腕組みをして呟いた。

「亭主の方は止めたらしいが、何しろ女房は自分の金を使ってどこが悪い、と開き直るんで、どうにもならなかったらしいよ」

「それで辻川が、あの保子って女に――」

「そういうことだ。どこかでホステスをしていたらしいよ。それも高級とは言いかねる店だ」

「若い男というのは？」

「まあ、ヒモみたいなもんだろう。保子にくっついて、小遣いにありついている」

「どんな男か分ってるのか？」

「今、当らせてるが、まだ分らん。——しかし、何しろ殺人じゃない、ということになってるからな。こっちも大っぴらに動けないんだよ」

と瀬田が珍しく弱音を吐いた。

車が辻川の家の前に着いた。——玄関のチャイムを鳴らしたが、返事がない。

「おかしいな。外出か」

「ドアが開いてるよ」

と沼田が言った。なるほど、ドアが、わずかではあるが、開いている。

二人は中へ入った。

「——誰かいますか」

と、瀬田が声をかける。

「おい、居間の方で何か動いたぞ」

「そうか」

二人はためらわず、上り込んだ。

居間へ入ってみると、ジャンパーに長髪というスタイルの若い男が、ぼんやりと突っ立っている。

「おい、君は誰だ？」

瀬田に声をかけられて、若者はギョッとしたようだった。

「あ——あの——僕じゃないんだ」

「何が？」

沼田が、

「おい」

と、瀬田をつついた。

ソファの陰から、足がのびている。

回ってみると、保子が倒れていた。風呂上りのような、バスローブ姿だ。

沼田はかがみ込んで、調べていたが、やがて立ち上って、

「死んでるよ」

と言った。「どうやら、心臓の発作らしいがね」

3

「本当に何も知らないんですよ」

と、その若い男は言った。

「しかし、保子さんと関係があったというのは認めるんだな?」

と、瀬田は訊いた。

「ええ……」

男の名は友永《ともなが》と言った。

芸術家くずれの、「自由人」である。要するに遊んで暮している。

「保子さんとは何年前からの知り合いなんだ?」

「一年くらいです」

「本当か?」

「ウソついたって仕方ないでしょう」

友永は、うんざりという顔で言った。

沼田は、取調室の中で、瀬田と友永のやりとりを、ニヤニヤしながら眺めていた。

沼田がいなければ、もっとビシビシ取り調べるのだろうが、部外者の目の前では、おとなしい調べにならざるを得ない。

「もう勘弁して下さいよ」

友永が情《なさけ》ない顔で言った。

瀬田は渋い表情で、

「まあいい。――居場所をちゃんとしとけよ」

と、肯いて見せる。

友永は、逃げるように帰って行った。

「やれやれ、どうなってるんだ？」

と、瀬田は頭を振って、「殺しとなりゃ、あいつをすぐに取っ捕まえるんだが」

「残念だね。しかし、わざわざ殺人事件をふやすこともあるまい」

「そりゃそうだ。忙しいんだからな、それでなくとも」

と瀬田はタバコをくわえた。「先生の見立てはどうだい」

「死因ということなら、心不全に間違いないと思うね」

「亭主と同じか。やっぱり心臓が弱かったのかな」

「病歴を当ってみるか？　――おそらく何も出ないと思うがね」

「ウム……」

と、瀬田は考え込んだ。

沼田は、ちょっと気をもたせるように、

「また、気になることも、ないではないがね」

「おい、何だって？　早くそれを言ってくれよ！」

「いや、死因についてじゃないんだ」

「それじゃ何だい？」

「イヤリングだ」

「何だって？」

「イヤリング」

「耳飾りか。それがどうした？」

「『耳飾り』ね。――あんまり気分が出ないな。ま、いい。実は、保子の死体の耳飾りが、片方しかついてなかったんだよ」

「へえ。――倒れた拍子に、どこかに落としたんだろう」

「そう簡単に飛ぶもんじゃないぜ。それに僕もちゃんと調べてみた。あの周囲には見当らなかった」

「もともと片方だったんじゃないか？　最近はそういうのがあるぜ」

「それも考えたさ。しかしデザインからみて、片方とは考えられない。それに、和室にケースが開けたままになっていたよ」

「ふーん。しかし、それだからどうだっていうんだ？」

「気になるんだ。辻川は、なぜかネクタイをしていなかった。あのスタイルで、ノーネクタイというのは、いかにも不自然だった」

「女房の方は、耳飾りか」

「どっちも装身具だ。気にならないか？」

「その耳飾り、値打ち物なのか？」

「まあね。しかし、せいぜい十万の品だろうな」

「何だ、それくらいじゃ、殺人の動機にならない」

「そんなことは言ってないよ」

と、沼田は含み笑いをした。「さて、それじゃ、また何かあったら、呼んでくれ」

「おい、先生、何だか気をもたせるようなことを言っといて、帰っちまうのか?」

「もう少し考えてみてから連絡するよ」

沼田は、ちょっと手を上げて見せ、部屋を出て行った。


「私が——」

と、その女性は言った。「辻川を殺したの」

大月香代が、お茶を出しながら、チラリと沼田を見た。瀬田へ連絡しようか、と訊いているのだ。

沼田は、軽く首を振った。

三日たっていた。——辻川と保子の死は、すでに単なる病死として、片付けられそうな様子だった。

沼田の部屋を訪ねて来た女は、宇田川有紀《うだがわゆき》と言った。

「つまり、辻川さんの――」

「ええ、辻川は、以前の夫です」

なるほど、自分が「辻川の妻」だったのでなく、辻川の方が「自分の夫」だった、というわけか。

いかにも、金持のわがまま娘が、そのまま成長したような印象の女である。

「しかし、辻川さんも奥さんも、死因はただの心不全でしたよ」

と、沼田が言うと、宇田川有紀はぐっと胸をそらした。

「そうでしょうとも！　現代の科学では、あの人たちの死の真相は分りません」

「すると、あなたがお二人を殺した、と……」

「そうです」

「なぜ殺したんです？」

有紀は、ちょっと戸惑った様子だった。

なぜ殺したかと訊かれる前に、どうやって殺したかを訊かれると思っていたのだろう。

「なぜって……そりゃ、気に入らなかったからです」

「しかし、あなたは、ちゃんと辻川さんとは別れている。お金にも不自由していないわけでしょう」

「ええ」

「それじゃ、なぜ今さら辻川さんを殺したりするんです?」

有紀は、肩をすくめて、

「あの人たちに、天罰を下してやる必要があったんです」

と言った。

「あなたが、天にかわって?」

「そうです。どうやったか、教えてあげましょう」

「結構です。お引き取り下さい」

と、沼田が言った。

「――何ですって?」

「お帰り下さい。私も忙しい身です。あなたのお話に付き合ってはいられません」

「聞きたくないの? 私がどうやってあの二人を――」

「ネクタイとイヤリングですね。分っていますよ」

沼田は、呆気に取られている宇田川有紀を、追い立てるようにして、帰してしまった。

「――カンカンに怒って、出て行きましたよ、今の人」

と、香代が、クスクス笑いながら、

「でも、ネクタイとイヤリング、って何のことですの？」

「呪《のろ》い、だよ」

沼田の言葉に、香代はちょっと面食らっていたが、

「ああ、分りました」

と肯《うなず》いた。「その人の持物を一つ盗んで来て――」

「そう。それに呪いをかける。よく、オカルト映画でやる手さ」

「でも――本当にやったんでしょうか。あの人？」

「本人はそう信じているらしいね。自分の呪いが通じて、満足しているわけさ」

「自慢しに来たんですね。呆《あき》れたわ」

「そんなものさ」

「瀬田さんに知らせなくても？」

「今度会ったときにでも、話をするさ」

と沼田は言った。


その翌日、沼田は大月香代と昼食をとっていた。

「どうしてわざわざ、こんな所へ来たんです?」

と香代が訊いた。

いつもなら、大学の近くのレストランで過すのに、今日はわざわざ沼田の車で、少し遠い店までやって来ているのである。

「いいじゃないか。たまには遠出するのも」

「そりゃそうですけど」

と言って、香代はちょっと微笑《ほほえ》んだ。「もしかして、ここからホテルへ、なんておっしゃるんじゃありませんわね?」

「おいおい——」

と、沼田は苦笑した。「僕がそんなことをするように見えるかね?」

「見えないからつまりませんわ」

と、香代は澄まして言った。

「びっくりさせるなよ」

と、沼田は言った。「悪いけど、頼みがある」

「何ですか？」

「車を駐車場に入れて来たろう。見て来てくれないか」

「どうしてです？」

「泥棒が入ってるんじゃないかと思うんだ」

香代は目をパチクリさせた。——それでも、席を立って、急いで出て行く。

すぐに戻って来ると、

「——先生！　本当に、窓が開いてましたよ！」

と息を弾ませる。

「そうか。何か盗まれていたかね」

「それが——」

と首をかしげて「見たところ、何もないようなんです」

「すると、シートのハンカチは？」

「ハンカチ？」

「君のハンカチを、座席に置いて来たんだがね」

「ありませんでしたわ」

「そうか。向うもずいぶん遠慮したもんだなあ」

「先生、どういうことなんですか？」

と香代がいぶかしげに訊く。

「あの女さ。——この間やって来たろう」

「え？　ああ、宇田川有紀ですね」

「そうだ。さすがに名前の覚えはいいね」

「変なことで賞《ほ》めないで下さい。——あの女が何か？」

「僕はあの女をわざと怒らせるようにした。あの気位の高い女が、部屋を追い出されたんだ。きっと僕を恨んでるだろう」

「そうですね」

「だから、また例の呪いをかけようとするんじゃないかと思ったんだ」

香代は、まじまじと沼田を見つめて、

「じゃ、わざと、車をあそこに置いて、盗ませたんですね？」

「その通り。窓を少し開けておいたのさ。——狙い通り、敵はハンカチを盗んで行った」

香代は、感心したように肯いていたが、

「——先生」

「何だね？」

「盗まれたのは、私のハンカチですよ」

「うん」

「つまり——呪いをかけられるのは、私ってことじゃありませんか」

「そりゃ仕方ないよ。万一のことがあれば、僕が調べて犯人を捕えられる。僕が死んじまったんじゃ、どうにもなるまい」

「先生……」

香代がキッと沼田をにらんだ。

「そのために昼食も少し高い所へ来たんだ。まあ落ち着いて——」

「お給料を上げていただきます！」

と、香代はテーブルをドンと叩いた。

4

「――何だか馬鹿らしい話だな」

と、瀬田は言った。

「しかし、本当のことさ。心不全には違いないが、何かショックを与えられたことは確かなんだ」

「そこまでは分らないのかい?」

「残念ながら、それはね。外傷がはっきり残るようなものならともかく」

「すると、辻川と女房の二人は、殺されたとも考えられるわけか」

「そういうことだ」

「まさか本当に呪い殺されたわけじゃないんだろうな」

「だとしたら?」

「やめてくれよ」

瀬田は顔をしかめた。「呪いによる殺人じゃ、有罪にできんよ」

「そうだろうな」

「何とか手はないのかな。——大体どうしてここへ呼んだんだ？」

と瀬田が言った。

「今度の被害者を紹介したくてね」

——二人は、大学の中を歩いていた。

「どこへ行くんだ？」

「あの棟さ。中に大月君がいる」

「君の秘書か。彼女がどうかしたのかね」

「彼女が次の被害者なんだ」

と沼田は言った。

講義室は空っぽだった。——教壇を、階段状の座席がぐるりと囲んで、見下ろすような造りになっている。

「おい、大月君」

中へ入って、沼田が呼ぶ。「どこにいるんだ？」

ちょっと間があって、

「――先生、ここです」

と、ずっと上の方から返事があった。

一番上の列で、香代が手を上げて見せた。

「何をしてるんだ？」

「スライドの整理です。この高い所から映したので」

「急がなくてもいいよ」

「今、行きます」

香代が、スライドの箱をかかえて、階段状の通路を降り始めた。

と、突然、香代が転倒した。

「キャーッ！」

と声を上げて、香代は転がり落ちて来た。

「大月君！」

沼田が駆け寄る。「大月君！　――大丈夫か？」

香代は、途中で何とか持ちこたえて、やっと起き上った。

「大丈夫です。――ああびっくりした」

「一歩間違えば、首の骨を折ってイチコロだよ」

と、瀬田が言った。「足下《あしもと》には用心しなきゃ」

「足が、何かにひっかかったんです」

「引っかかった?」

沼田は、瀬田を見て、「上の方を調べて来てくれ」

「よし」

瀬田が、びっくりするような身軽さで、駆け上る。

沼田は、香代の様子を見て、立ち上った。

「どうだい?」

「私はもう――」

「運が良かった。それに転び方が上手だったね」

「私、合気道やっているので、受け身はうまいんです」

「それは知らなかった。手を出さなくて良かったよ」

「おい!」

と、瀬田が呼んだ。

「どうしたね？」

「糸だ。——糸を張ってある」

「そうか」

「誰かがそれを仕掛けたんだ」

「そいつはまだ近くにいるよ」

と沼田は言った。「分るだろう。呪いで死んだように見せかけるためには、糸が残ってちゃおかしい」

「そうか。これを外しに来るな。——よし！」

瀬田は、勢い込んで、講義室を飛び出して行った。

沼田は、香代のところへ戻って、

「どうだ？　痛いところはないかい？」

「ええ。——先生、お医者様でしょう。診て下さい」

「僕の患者は死んだ人間ばかりだからね」

と沼田は言った。

少して、瀬田が戻ってきた。

「――畜生、どこへ逃げたのかな」

「いなかったのか」

「うん。それに大学生がウヨウヨしているからな、どれがどいつか分らん」

「よし。それじゃ行こう」

「どこへ？」

「呪いをかけた当人のところさ」

と沼田は言った。

宇田川有紀は、いかにも高級な、洒落《しやれ》たマンションに住んでいた。

「高そうだな」

と、瀬田はつい値段のことを考えているようだ。

「三階だな。――さあ、行こう」

「今は一人なのか」

「そうらしい。辻川と別れてからは、ずっと一人だと言っていた」

「ふーん。怪しいもんだな」

人の話を疑うくせがついているのである。

三階の、有紀の部屋の前で、三人はちょっと顔を見合わせた。

ドアが、細く開いているのだ。

「――失礼」

と、瀬田がドアを開ける。「誰かいるかね?」

「どなた?」

と、出て来たのは、有紀である。

ちょっとギョッとするような、薄いネグリジェ一枚。下の肌が透けて見える。

「あら――」

「その節は」

と沼田が言った。「元気でいるのをお目にかけたくてね」

「呪いがきかなかったようね」

「古かったんじゃありません?」

と、香代が言った。「有効期限が切れてたんだわ」

消火器か何かのつもりらしい。

「上ったら？」

と、有紀は、大して関心のない様子で言った。

居間に落ち着くと、有紀はゆっくりとタバコをふかしながら、

「そりゃ、いつも呪いがきくとは限らないわよ」

と言った。「中には、呪いより強い人もいるものね。女はね、大体、男よりもしぶといのよ」

それはそうかもしれない、と沼田は思った。

「——辻川さんは僕の所へ来て、妙なことを言いましたよ。正体不明の毒で殺された、とね」

「ブードゥーの儀式なんかで使うやつね。でも、そんなものないのよ。たいていは、絵具か何か混ぜて使うの。——一種の象徴だものね」

「それを辻川さんは信じていたんですよ」

有紀は、ちょっとポカンとして、それから、笑った。

「まさか」

「いや、本当です。おそらく、あなたには、やめろとか、馬鹿らしいと言っていたでしょうが、内心では、そういう超自然の力を信じていた」

「あのエリートが？」

「だからこそです。そういう人間ほど、一旦信じてしまうと、のめり込んでしまうものですよ」

「じゃ私が呪いをかけたと言ったのを信じたのかしら」

「おそらくね。死を覚悟して、私のところへ来た。そして、真相を話しても、どうせあなたを罪にはできない。そうなれば、ともかく、自然死でないと印象づけて、何とかあなたに容疑をかけるしかない」

「じゃ、どうして死んだの？」

「自殺ですよ」

「自殺？」

「呪いで苦しんで死ぬのはいやだと思っていた。――心臓が弱いことは、自分でも分っていたから、おそらく、軽い電気のショック――感電だと思いますね。それで自ら死を選んだわけです」

「そんな馬鹿な！」

と、瀬田は言った。「じゃ、ここにいる大月君は？」

「まあ待てよ」

と沼田は止めて、「今度は、保子の方だ。彼女は、てっきりあの男が夫を殺したと思い込んだ」

「友永か」

「そう。何しろ恋人だからな。しかし、人殺しとなると、そんなことは言っていられない」

「あの女房、ひどく怯《おび》えていたぜ」

「殺人犯と恋仲でいるほどの度胸はなかったんだろう。友永のことを警察へ訴えようとして、友永に気付かれ、争いになった。押し倒されるか、首をしめられそうになるか。ともかく、そのショックで、保子は死んでしまったんだ」

「それで？」

「友永は、逃げようとして、何か金目のものを盗もうとした。あのイヤリングが、ともかく目につく。片方だけとったところで、我々がやって来たってわけだ」

「じゃ、呪いじゃなかったのか?」

「友永は、保子から、有紀さんが魔術にこっていることを聞かされた。そこで、ここへイヤリングを持ち込んだ。——呪いがきいたとなれば、有紀さんも満足する。そうでしょう?」

「じゃ、あの前にもうあの女は死んでたの? インチキね!」

と有紀は怒ってタバコをもみ消した。

「ネクタイはあなたが盗んだんですね」

「あの人の一番気に入ってるやつだったの。——でも、いずれにしても、私が呪いをかけたのが原因でしょ」

「まあ、その意味では、呪いがきいたとも言えますね」

「この女の人は——」

「私の場合は、誰が?」

と、香代が言った。

「友永だよ。ハンカチを盗んで、ここへ持ち込み、君を殺す。有紀さんは、呪いがきいたと喜ぶ。——たっぷりお礼も払ったんでしょう」

「でもそういうことなら――」

と立ち上ると、有紀は、奥のドアを見て、

「さっきあげたお金、返して！」

と叫んだ。

瀬田が大股《おおまた》にドアの方へ歩いて行き、ぐいと開けた。――友永が青い顔をして、立っていた……。

「でも、先生、もし私が本当に死んでいたらどうする気だったんです？」

お茶を出しながら、香代が訊いた。

「そうだねえ……」

沼田は少し考えてから、「代りの秘書を捜したね、きっと」

と言った。

「当分、苦いお茶を飲んでいただきますよ」

と香代は沼田をにらみつけながら、言った。

解説

杉江松恋
（文芸評論家）

ご当地ミステリーという言葉がある。それとは別の意味で、読む場所を選ぶ作品というものもあるだろう。たとえば列車の旅をしているさなかに鉄道ミステリーを読む、などだ。ちょっとお行儀は悪くなるが、一人の食事をしているときに美食ミステリー、晩酌をしながら酔いどれ探偵の出てくる小説、といった選択肢もアリのはずである。

その中で唯一お薦めできないのが、入院時に読む病院ミステリーなのではあるまいか。ミステリーというからには死と隣り合わせになることは間違いない。ね、それはちょっとぞっとしないでしょう。できれば健康な時に読んで楽しみたいものである。

そこで赤川次郎『死者におくる入院案内』だ。本書は七作を収めた連作短編集だ。それぞれの作品に〈外科〉〈小児科〉といった具合に診療科目が書いてあり、内容もそれに基づいている。たとえば〈眼科〉として収録されている「美しい闇」（初出：「週刊小説」一九八二年一月一五日号）は、自分が執刀することになった盲目の女性に恋をした医師の物語である。その女性はある犯罪現場のそばを通りかかり、証言を求められることになった。目の不自由な人はそれ以外の感覚が研ぎ澄まされるというが、そうした一面がこの作品には巧く反映されている。

七篇の作風は固定されておらず、多様さが楽しめるのが本書の最大の長所といえる。ガチガチの病院ミステリー「美しい闇」とは対照的にほとんど病院が出てこないのが〈小児科〉の「スターのゆりかご」（初出：「週刊小説」一九八一年九月二五日号）と〈精神科〉の「殺人狂団地」（初出：「週刊小説」一九八二年七月二日号）である。前者は幼い娘が子役のスターになってしまった父親が主人公だ。思わぬ定期収入ができたのは嬉しいが、それを上回る苦渋の日々が彼を待ち受けていたのである。後者は、分譲住宅に引っ越してきた専業主婦がふとしたことから身辺の異常に気づいていくというサスペンスであり、淡々とした筆致が逆に不安を醸成するのに一役買っている。

どの作品にもミステリーならではの興趣が溢れているが、特にトリッキーに感じるのは〈法医学教室〉「明日殺された男」（初出：「週刊小説」一九八三年七月一日・一五日号）と〈外科〉「霧の夜の忘れ物」（初出：「週刊小説」一九八一年七月三日号）だ。「明日殺された男」は、自分は正体不明の毒によって殺される、と言っていた男が本当に死体となって発見されるという魅力的な冒頭から始まる。「霧の夜の忘れ物」のほうは連続殺人鬼ものという形式を利用した目くらましのトリックに美点があり、忘れがたい印象のある作品だ。

人間ドラマの側に重点を置いたのが〈産婦人科〉「見知らぬ我が子」（初出：「週刊小説」一九八三年一月一四日号）と〈放射線科〉「残された日々」（初出：「週刊小説」一九八三年三月二五日号）の二篇で、コント（寸劇）を模した形式をとっている。会話劇に近く、男女の会話と心理描写で物語はほぼ終始するのだ。その中心に来るのが揃って孤独な人物である点が印象深く、相手に対して自分を思い切りぶつけていくことができない、しかし心の中にある空隙を誤魔化しようもない、そんなひとびとが話の主役となっている。病院は主舞台ではないのだが、診療行為がどちらの話でも人生の重要な転機となるのだ。

七つの話は病院という場を衛星のように巡りつつも、あるものは遠く、あるものは近く、実にバランスよく配置されている。一つのテーマに沿った連作集としては、申し分のない出来といえるだろう。しかも軽やかであり、後味の悪くない話ばかりなので、これならば入院生活のお供にしても大丈夫である。もちろん健康なときにもどうぞ。

『死者におくる入院案内』の単行本（ノベルス）版は実業之日本社から一九八三年九月二十五日に刊行された（赤川次郎の著書としては七十六番目の本にあたる）。その後一九八六年に新潮文庫に入っており、今回が二度目の文庫化となる。作家生活三十七年に及ぶ作家としては、初期に属する作品だ。この一九八〇年代が赤川にとってどういう時代だったかについて、ちょっとデータを並べておこうと思う。

山前譲・郷原宏編『赤川次郎全作品リスト』（〝三毛猫ホームズと仲間たち〟事務局発行。非売品）を参考にして書くと、一九八三年には二十二冊の著作が刊行されている（ただし文庫化などを除くオリジナルのみ）。一九七〇年代の間は一桁台だった著作数が一九八〇年にはいきなり十八点になる。一九七八年の『三毛猫ホームズの推理』（光文社文庫他）の成功によって赤川の認知度は一気に上がり、長篇のみならず短篇の注文も数多く来ていた。その単行本化が始まったのがこの年なのである（前年末に同作が『土曜ワイド劇場』枠でドラマ化されている点も見逃せない。片山兄妹を演じたのは当時の人気俳優、石立鉄男と坂口良子である）。

年ごとの刊行点数を見ていくと、最多は一九八九、九〇年の二十三冊であり、一九八三年の二十二冊はそれに次ぐ。二十二冊が出た年は他に、一九八六年、八七年、九一年である。一九八八年には二十一冊の刊行があり、これが三位。それに、一九九二年、九七年、九八年の二十冊が続く。一九八六年から一九九二年までの七年間は、一度たりとも二十冊を下回ることなく新刊が出続けていたわけであり、赤川次郎にとってはこの辺が最も多忙な時期であったということができる。

脱線するが、日本ミステリーは一九八一年に角川書店、八二年に講談社がノベルス分野に参戦し、刊行点数が一挙に増大した。一九八〇年代末の〈新本格〉派と呼ばれた新人作家たちも、そうした強大な市場があったからこそ世に出ることができたのだ。赤川の功績として、旧来型日本ミステリーの、よく言えば生真面目、悪く言えば垢抜けない作風に、都会的な軽やかさと艶やかさを持ち込んだことが挙げられる。それは質の上での功績だが、このような量的な貢献があったことも決して忘れるべきではないのである。

一九八〇年に刊行された一八冊の赤川作品のうち、短編集は十冊であるから過半数を超える（これは当時の原稿依頼の多さを物語るものだ）。その中には同一キャラクターの登場するシリーズ作品二冊も含まれるが、八冊はノンシリーズだ。さらに一九八〇年代に入ると、〈吸血鬼〉〈大貫警部〉〈華麗なる探偵たち〉といった赤川次郎の短篇世界を代表するシリーズが次々に開幕し、定期的に刊行されるようになっていく。そのために著作中に占める比率こそ下がったが、以降も赤川は折を見てノンシリーズの短編集を世に問うてきた。

本書が出た一九八三年までの作品リストを眺めていて気がつくのは、同一テーマに基づく連作集が多いことだ。代表例は『血とバラ』（一九八〇年、現・角川文庫）に始まる、名作映画をモチーフにした連作集である。また、『上役のいない月曜日』（一九八〇年、現・文春文庫）に始まる、普通のサラリーマンを主人公に据えて、その人生の悲劇を描く作品群も印象的だ。一九七八年に専業作家になるまで、赤川が団体職員として勤務していたことは有名である。毎日スーツを着て通勤列車に乗る生活は十年余に及んだと思しく、その間の経験が『一日だけの殺し屋』(一九八〇年、現・徳間文庫)『サラリーマンよ悪意を抱け』(同年、現・集英社文庫)といった初期作品には反映されているはずである。

もう少し視野を広くとると、市井の人々の平凡な暮らしの中に潜む謎や恐怖を描いた作品群もサラリーマン・ミステリーと地続きのところに位置するものと言える。たとえば『ホームタウンの事件簿』(一九八二年、現・角川文庫)は同じ敷地内に住んでいながら、扉を閉ざせば隣人の顔さえも見えなくなってしまう団地という場所の特質を描いた画期的な作品集であった。同作はどちらかといえば陰の性格を帯びているが、反対に陽の顔を持つのがシリーズキャラクターを置いた連作『こちら、団地探偵局』(一九八三年、現・角川文庫)『同　Part2』(一九九〇年、現・角川文庫)だ。戦後の人口増加期において団地は、都市部に労働力を提供するための重要な住宅基地だった。その中で繰り広げられる人生模様を描いた作家は多いが、その中でも赤川は重要な位置を占めている。

こうして見ると、『死者におくる入院案内』という作品集には、初期作品において特徴的だった要素がすべて詰め込まれていることがわかる。同一テーマに基づく連作集という全体像だけではない。個別に見てもたとえば、「スターのゆりかご」の主人公・畑中が味わう屈辱は、サラリーマンものの何作かを思い出させる。マンションや団地を舞台にした作品もいくつか入っているし、「見知らぬ我が子」の日常に闖入者が入り込んでくる不条理な雰囲気も赤川が好んで書いたものである。

本書の性格を代表するものはどれかといえば、「残された日々」だろうか。人生のあるひとときだけを切り取り、光り輝くものとして見せるという作品の在り様には、名作映画シリーズを思わせる情感がある。本書の収録作はどれも幕切れが印象的なのだが、この作品は特にいい。長篇では味わえない洒脱さが漂っているからである。長大なハリウッドシネマがどこかに置いてきてしまったもの、シネコンではなく街の名画座で観る映画のそれだ。

この空気が本書の大きな武器だ。だからこそ死と隣り合わせの出来事を扱っているのに軽快に読むことができるのである。看板に偽りあり。題名に「入院案内」と謳われているが、読んだ人の心はむしろ快方に向かうのではないだろうか。『死者におくる入院案内』とは作者の洒落で、実は『生者のための退院案内』なのである。どうぞ、お大事に。

この作品は、
一九八三年九月に実業之日本社よりジョイ・ノベルスとして、
一九八六年八月に新潮文庫として刊行されたものです。

実業之日本社文庫 あ18

死者《ししゃ》におくる入院案内《にゅういんあんない》

2014年12月15日　初版第一刷発行

著　者　赤川次郎《あかがわじろう》

発行者　村山秀夫
発行所　株式会社実業之日本社
〒104-8233　東京都中央区京橋 3-7-5 京橋スクエア
電話 [編集]03(3562)2051 [販売]03(3535)4441
ホームページ http://www.j-n.co.jp/
ＤＴＰ　株式会社ワイズファクトリー
印刷所　大日本印刷株式会社
製本所　大日本印刷株式会社

フォーマットデザイン　鈴木正道（Suzuki Design）

ISBN978-4-408-55196-8（文芸）